Journal d'un soldat allemand

Un roman sur la Seconde Guerre Mondiale

RICHARD G. HOLE

Journal d'un soldat allemand

Un roman sur la Seconde Guerre Mondiale

Richard G. Hole

La Seconde Guerre Mondiale

RÉSUMÉ

Cette offensive que nous nous apprêtons à lancer peut, peut-être, atténuer l'armure suffocante qui nous entoure. Dieu pardonne.

Sinon, notre beau pays, le plus beau pays du monde et jusqu'à récemment, hélas, le plus fort, connaîtra la botte de l'envahisseur.

Depuis l'époque de Napoléon, nous n'en avons jamais été aussi proches, et je ne pense pas que nous le serons jamais dans les siècles à venir, car cette guerre devra être la dernière des guerres.

C'est du moins ce que disent les alliés, bien qu'ils le croient même ?

Journal d'un soldat allemand est une histoire appartenant à la collection Seconde Guerre Mondiale, une série de romans de guerre développés pendant la Seconde Guerre Mondiale

JOURNAL D'UN SOLDAT ALLEMAND

PREMIÈRE PARTIE

6 décembre.

Nous sommes ici depuis sept jours maintenant. Sept jours d'inactivité semblent beaucoup si vous pensez à tout ce que nous avons fait jusqu'à présent, mais pour les troupes et pour nous, ils ont semblé très courts. Nous nous sommes reposés.

J'ai écrit que nous nous reposons. Il aurait dû dire que nous nous préparons, car c'est ce que nous faisons : nous préparer à l'assaut. Quiconque pensait que l'Allemagne était déjà vaincue, saignée, et voyant maintenant comment les trains chargés de troupes et de matériel arrivent dans cette région de l'Eifel (j'ai compté jusqu'à cent journaux), pourrait penser qu'il se trompait, que le pays conserve encore sa force.

Mais ne nous leurrons pas. Ces troupes sont les dernières braises du feu. Pour la première fois depuis 1918, les ennemis sont proches de nos frontières. Ici devant nous. Ils sont proches de notre pays, ils nous entourent. Ils ont déjà atteint la Sarre et menacent Cologne. Les Russes s'approchent de Budapest à marches forcées... Les Anglais sont de retour en Grèce... Mon Dieu, comme je déteste devoir écrire tout ça. Le stylo refuse de le faire.

En revanche, cette offensive que nous nous apprêtons à engager peut, peut-être, atténuer l'armure suffocante qui nous entoure. Dieu pardonne. Sinon, notre beau pays, le plus beau pays du monde et jusqu'à récemment, hélas, le plus fort, connaîtra la botte de l'envahisseur. Depuis l'époque de Napoléon, nous n'en avons jamais été aussi près, et je ne pense pas que nous le serons jamais dans les siècles à venir, car cette guerre devra être la dernière des guerres.

C'est du moins ce que disent les alliés, bien qu'ils le croient même ?

Mais je ne suis ni écrivain ni historien. Je suis simplement un soldat. C'est donc le journal d'un soldat. Un journal que j'écris pour moi car sinon je deviendrais fou. Plus de rhétorique : des faits concrets. Je laisse à d'autres le soin de retranscrire fidèlement les causes de la guerre, les raisons de nos défaites.

Les faits ?

Moi, Ulrich Tagger, major de la deuxième division de la cinquième armée blindée allemande, je suis dans les environs de Pronsfield, avec ma division, avec mon armée. Voici nos fidèles «Panthers», nos fidèles «Tigres», huilés, propres, approvisionnés en munitions et en huile "oh, le pétrole, comme tu es cher et comme on te voit peu maintenant, depuis que nous avons perdu ces splendides champs roumains". Oui, nous sommes prêts. De sorte que ?

Hier encore, je parlais à un "aide" de von Manteuffel, commandant de la 5e armée blindée.

"Tagger" me dit ". Ils ne peuvent toujours pas s'entendre.

« Au nom de... Haller, qu'est-ce qui ne va pas chez toi ?

« Ça, ils ne peuvent pas s'entendre. Le Führer a dit une chose, Von Rundstedt en dit une autre, Model en dit une autre et je dis que si nous ne nous dépêchons pas, nous ne pourrons pas le faire.

« Faire quoi, Haller ?

Haller, grand, mince comme de l'osier, avec une belle tête prussienne et des cheveux noirs, regarde autour de lui.

« N'est-ce pas ce monstre Hagen dans le coin ?

« Non, non » je réponds avec impatience « Qu'est-ce que tu dois nommer Hagen pour le moment ?

"Je ne voudrais pas que vous entendiez ce que je vais dire" Hagen "Je dis un peu raide", c'est l'un de mes meilleurs officiers. Ou plutôt : le meilleur de mes chefs de char.

« Je sais, je sais, et je serais le dernier à nier ses mérites ; mais la dernière fois qu'il m'est venu à l'esprit de parler devant lui d'une conversation que j'avais entendue du général, il l'a répétée dans une taverne devant un groupe d'officiers, ajoutant quelques commentaires de sa propre initiative.

J'essaie de ne pas sourire. Je me souviens du cas : Hagen a dit que si un troupeau de singes veut manger la même cacahuète, l'un d'eux l'aura, et celui-ci sera probablement le plus fort, pas le plus intelligent.

« Oubliez Hagen », dis-je. « Maintenant, il n'est plus ici, mais au village, probablement.

"Faire l'amour à certains...

« Eh bien, le fait est qu'il n'est pas là. Qu'allais-tu me dire ?

« Tagger, il y a deux opinions différentes sur ce que nous devrions faire. L'un, celui du Führer, l'autre celui de Rundstedt. Le Führer veut jeter les Américains et les Anglais à la mer immédiatement. À l'heure actuelle. Déjà. Rundstedt et Model préfèrent une série d'éclats au Nord, ce qui pourrait défaire ce fer de lance dont les Américains menacent Cologne. Cela pourrait être fait sans perdre beaucoup de monde.

"Si je dis ". J'ai regardé la carte plusieurs fois et, bien que je ne sois pas officier d'état-major, je sais ce que vous voulez dire. Pour lancer les Américains et les Anglais à la mer, il faut attaquer de là, vers Anvers.

« Exactement. Les alliés n'ont pas encore mis en service le port d'Anvers. Si nous pouvons y accéder, nous leur aurons servi un os qu'ils ne pourront probablement pas ronger. Le plan du Führer n'est pas mauvais ; mais aurons-nous assez de force pour l'exécuter ? Rundstedt et Model n'y croient pas. Et c'est la situation. A la fin vous verrez comment, de toute façon, c'est le plan qui sera exécuté, d'attaquer vers Anvers.

"Oui" je réponds. " Le singe le plus fort aura mangé la cacahuète.

« Ne répétez pas des phrases comme ça. Et si vous essayez de dire que le Führer n'est pas le plus intelligent...

Telle est la situation. Mais sa résolution dépend d'épaules plus fortes et plus capables que les miennes. Que nous attaquions vers Anvers, séparant les Ardennes et la plaine belge, ou que nous nous consacrions à accueillir les Anglais et les Américains dans le Nord, mon travail sera le même : glisser dans mon « Tigre », mettre mon casque et guider la machine en essayant de détruire autant de "Centurions" anglais que possible sans me détruire.

Et ce sera ce que je ferai : remplir mon obligation. Je suis un soldat.

7 décembre.

Haller avait raison. Hagen est un rejeton, une force de la nature, un taureau sacré, le grand génital ! N'est-ce pas suffisant pour les soucis inhérents à une guerre dans laquelle l'Allemagne risque tout, son existence même, mais plutôt qu'elle doit chercher des complications accessoires ?

Dieter Hagen est mon meilleur capitaine. Et sûrement le meilleur capitaine de la division, et probablement le meilleur capitaine de char de la Cinquième Armée. Cela n'est nié par personne. Cela est dit par les autres à voix basse, et par lui-même à voix très forte. Là-dessus donc, nous sommes tous d'accord.

Mais dans d'autres choses...

En d'autres choses, c'est un vrai diable, aussi impondérable qu'un typhon dans le Pacifique.

Avec les femmes, bien sûr. Et, dans de nombreux cas, avec des hommes.

Si la vie consistait uniquement en batailles, Hagen se battrait, il recevrait une croix de fer avec des feuilles de chêne chaque matin, et tout le monde serait heureux d'avoir un héros à ses côtés.

Mais il se trouve que même en temps de guerre il y a des moments de paix, de tranquillité, pendant que la prochaine attaque se prépare ou que la prochaine retraite s'organise. Et c'est dans ces moments-là que Hagen sort l'oreille velue du satyre.

Et comme il apparaît !

Je ne vais pas dire que toutes les jupes sont bonnes pour lui. Non pas du tout; ce serait l'insulter, le blesser gravement. Pas; ce qui se passe, c'est qu'il est capable de trouver la "meilleure jupe" partout où il va. Il sera inutile que cette femme soit enterrée au fond d'une cave, perchée au sommet de l'arbre le plus feuillu. Hagen va la découvrir, lui faire l'amour et la séduire aussi sûrement que le soleil se lève chaque jour à l'Est et se couche à l'Ouest.

Nous avons combattu ensemble en Italie, en France et maintenant ici, dans notre propre pays. Partout, il a fait de même. Et je sais qu'il l'a déjà fait en Grèce, en Afrique du Nord. S'il n'est plus qu'un capitaine et non un colonel à trente ans et après cinq ans de guerre, c'est pour deux raisons : La première, sa vieille habitude de dire du mal des supérieurs et du commandement. La seconde, aux femmes. Sans ces deux facettes de son caractère, il est presque certain que désormais ce serait lui qui me donnerait des ordres au lieu de les recevoir de moi.

J'aime les femmes, bien sûr, parce que je suis un homme jeune, en bonne santé et normal. Mais de là à trouver des motifs de séduction aussi bien chez une fille libyenne à la couleur muscade, comme chez une matrone italienne aux cheveux acajou, chez une parisienne stylisée aux cheveux safran ou chez une belge aux yeux de porcelaine..., il y en a beaucoup de distance.

Eh bien, cette distance est parcourue par Hagen, si nécessaire, en deux sauts. S'ils l'avaient envoyé en Russie, dont il a été maintes fois délivré à coups de rasoir, le recensement des enfants dans ce pays maudit aurait augmenté de bon nombre d'unités.

Mais son dernier exploit a repoussé les limites. Oui, il les a dépassés parce que ce n'est ni la Grèce, ni la Libye, ni même la France ou l'Italie, C'est l'Allemagne, le Vaterland.

Les bonnes lois allemandes s'appliquent toujours ici. Pourquoi diable cet homme ne peut-il pas rester tranquille et laisser ses hormones tranquilles ?

Je vais le raconter. Après tout, et après avoir eu la réunion quotidienne avec le commandant de brigade, après l'inspection de routine des machines, après avoir vérifié que les hommes n'ont pas perdu une seule discipline, je n'ai presque plus rien à faire.

« Oui, je le raconte.

Oberst Pieck est le premier à me faire exploser. Il est à la tête du régiment et sa poitrine est encombrée de médailles.

"Tagger" m'a-t-il dit. Avez-vous entendu parler du dernier exploit de votre capitaine ?

"Ce n'est pas" mon "capitaine, colonel," répondis-je respectueusement. « Il est « l'un » des capitaines du régiment.

« Oberst » Pieck, qui a à peine deux ans de plus que moi, a mis le visage sur « ne me donnez pas de distinctions et tenez-vous-en aux faits. »

« Je ne veux pas le savoir tant que la plainte n'est pas officiellement déposée : mais Hagen a fait quelque chose qui peut mener directement à un tribunal militaire. Ce qui y conduirait sûrement, à moins que la situation ne suffise pas à nous priver d'un capitaine.

"De l'un des meilleurs capitaines" je réponds, toujours avec le même respect.

« Ce n'est pas grave. De l'un des meilleurs capitaines, si vous voulcz ; mais en même temps l'un des éléments les plus agressifs, compromettants et corrosifs qui peuvent survenir dans l'armée allemande.

J'attends qu'on m'explique, si tu veux. Ne veut pas, apparemment.

« Attends, si tu ne l'as pas encore découvert, et tu verras si tu trouveras une de tes excuses habituelles pour lui alors.

Je fais très attention de ne pas lui dire que d'autres fois il s'est trouvé des excuses. Comme, par exemple, quand à Reims, Hagen l'a sorti d'une voiture en feu, avec un risque presque absolu pour sa propre vie, et l'a porté dans ses bras pendant une heure jusqu'à ce qu'il retrouve nos lignes.

Et avec lui dans ses bras, parce que Pieck s'est évanoui, il s'est battu en duel avec des résistants français à coups de pistolet.

Non, ces choses ne peuvent pas être dites à un colonel. Qu'il se souvienne d'eux.

C'est Gefreiter Behme qui me l'a expliqué une demi-heure plus tard. Le caporal est généralement le Sancho Panza de Hagen. Il le suit partout, lui donne des conseils que lui-même est prompt à refuser, et le couvre de ces aventures où il faut user de quatre mains, quatre pieds et deux pistolets. Dans ses temps libres, il est votre tireur de char.

'Caporal' dis-je à Behme, qui siffle en rangeant le 'Tigre' de Hagen ». Vous allez m'expliquer dans quelle nouvelle galère le capitaine s'est embarqué.

« Comment, monsieur le commandant ? demande-t-il en faisant une grimace stupide.

« Behme, je ne veux pas perdre de temps. Je veux savoir ce que le capitaine a fait. Et je veux savoir "pour vous".

Son visage continue d'être un affichage de la stupidité la plus concentrée.

« Je ne comprends pas ce que veut dire le commandant.

« Vous comprendrez si je vous arrête. Allez, Behme, tu sais que le capitaine ne saura pas de moi que c'est toi qui me l'a dit. Vous savez, n'est-ce pas ?

"Oui, monsieur le commandant", c'est ce que le coquin attend. Des assurances que Hagen ne la chassera pas avec lui en tant que dénonciateur.

"J'ai parlé.

"Eh bien... c'est en quelque sorte le bourgmestre.

« D'une certaine manière, Behme ?

« Ce... oui, monsieur le commandant. On dirait que si.

« Le maire de Pronsfield, Behme ?

« Oui, monsieur le commandant.

Je la connais. Une femme d'une trentaine d'années, aux cheveux couleur beurre, une Junon nordique en qui la Nature a placé l'extraordinaire caprice de deux yeux presque méridionaux, sombres, brillants et extrêmement invitants. Je connais aussi le bourgmestre, un voyou de deux mètres de haut, avec des jambes comme des troncs d'arbre et un caractère aigre.

« Qu'a fait le capitaine, Behme ? je demande froid.

Il me regarde avec l'innocence stéréotypée de ses pupilles de renard,

"Monsieur le commandant, peut-être que monsieur le capitaine Hagen expliquerait mieux que moi...

« Parle, Behme !

"Eh bien... On peut dire, commandant, que le bourgmestre a trouvé le capitaine Hagen en compagnie du bourgmestre et...

"Mon Dieu!

La matinée est glaciale. Du Taunus, traversant la vallée de la Moselle, un vent froid vient à nous qui annonce de la neige pour bientôt. Mais ce n'est pas froid que je frémis.

« Que s'est-il passé, Behme ?

Il agit comme un nageur qui se jette la tête la première dans les vagues glacées.

"M. Le capitaine Hagen a abattu M. Burgomaster et l'a battu.

Ce n'est pas difficile pour moi d'y croire. C'est très Hagen. Après avoir séduit la femme, frappez le mari. Dans des cas similaires, la pension complète est prise.

Je n'attends plus et je m'adresse à l'état-major de la division, profitant du fait qu'un « DKW » avait cette adresse. Nous avons les machines cachées dans une épaisse forêt de châtaigniers et de hêtres, enveloppés dans des tissus de camouflage. Plusieurs fois nous avons vu passer au-dessus de nous les grandes formations de bombardiers alliés et leurs avions photographiques et ils n'ont même jamais soupçonné qu'il y avait là, en dessous d'eux, 150 chars prêts à attaquer dès qu'ils en recevraient l'ordre.

L'état-major général de division est à Pronsfield, l'armée à Bitburg. J'étais intéressé par le premier des deux.

Partout règne une activité extraordinaire. Comme je l'ai déjà dit, les trains arrivent quotidiennement dans l'Eifel en grand nombre, parfois plus d'une centaine. Ainsi, à vue d'œil, et d'après ce que j'ai vu, je peux calculer que pas moins de vingt divisions doivent se concentrer ici. Tout, sous le nez des avions alliés. C'est possible? En tant qu'Allemand, je suis fier. En retard? Ah ! Tu verras.

En ce moment, nous sentons son bruit de tonnerre au-dessus des nuages bas. Peut-être reviennent-ils du rasage de certaines villes de notre pays, de la destruction ignoble de milliers d'enfants, de l'éviscération des femmes et des personnes âgées. Le conducteur de la « DKW » lève le poing en l'air et jure, très pâle.

A l'Etat-Major de la Division, logé dans un ancien palais d'aristocrates, il y a beaucoup d'activité. Des voitures, des motos avec des soldats qui transportent des pièces d'un endroit à un autre, remplissent l'esplanade devant la Plaza Mayor. La radio et le télégraphe bourdonnent avec insistance.

Dans ce qui était autrefois la salle de bal d'un ancien marquis ou baron, le centre névralgique des opérations est installé. Les agents étudient les cartes, reçoivent les pièces et tracent leurs plans maintes et maintes fois. D'une certaine manière je m'y trouve un peu perdu ; mais heureusement j'ai de bons amis. L'un d'eux est le colonel von Simmenthal, qui était avec moi au gymnase lorsque nous étions étudiants, de retour au Schleswig.

Profitant d'un moment où il semble libre, je m'approche de lui.

Bonjour Tagger. Quoi de neuf ? Des nouvelles des machines ?

"Rien, monsieur l'officier" dis-je respectueusement, car de nombreux officiers nous écoutent et les familiarités ne sont pas appropriées dans ces cas.

« Tu voulais quelque chose ?

« Il s'agit de Hagen, colonel.

"Ah, Hagen...

Ses yeux brillent derrière les lentilles montées à l'air, une copie exacte de celles portées par l'Aeichführer Himmler.

« Vous avez eu des ennuis, n'est-ce pas ?

« Je ne sais pas très bien, colonel.

Il se rend compte que je ne veux pas parler aux autres. Il me prend par le bras et me conduit à la cantine.

« Allons prendre un café », dit-il.

Nous enfonçons nos moustaches dans ce mélange hideux fait de jus de gland et de chiffon brûlé, peu sucré avec de la saccharine.

« Simmenthal » dis-je « . Qu'ont-ils fait de Hagen ?

— Mais, cher Tagger, je suis colonel d'état-major, pas officier de quart.

"Ce que je veux dire, c'est que Hagen est mon témoin et que je ne suis pas prêt à me passer de lui au cas où nous y allions.

« Eh bien ; mais, que puis-je faire ?

Il me regarde, apparemment perplexe. Je ne suis pas dupe de son apparence innocente.

« Je veux que tu le fasses sortir d'où il est. Vous avez nommé l'officier de quart. Cela signifie que vous êtes en état d'arrestation.

"Oui je pense.

— Eh bien, je veux que vous parliez au général si nécessaire et que l'arrestation de Hagen soit levée.

« Mec, Tagger, tu ne penses pas que tu en demandes trop ?

"Pas.

J'espère que mon ton semble assez intransigeant. On dirait que si.

"Je ferai ce que je peux. Je sais que Hagen est... Eh bien, je ferai ce que je peux.

« Obtenez-moi un laissez-passer pour le voir.

Ils me l'apportent en peu de temps.

Hagen a été placé dans une pièce avec une porte bien fermée. Cela signifie que, comme d'habitude, il n'a pas donné sa parole d'honneur de ne pas quitter le bâtiment.

L'officier de service m'accompagne.

« Ils ont déposé une plainte contre lui, n'est-ce pas ? Je demande. Quel genre de réclamation ?

Ses yeux brillent, comme ceux de Simmenthal. Il semble que ce soit la réaction qu'il provoque dans toutes les aventures de Hagen.

« Agression envers l'autorité administrative.

Ils n'ont donc pas voulu faire sortir le maire.

Il ouvre la porte de la chambre et me laisse passer.

7 décembre. Plus tard

Hagen est assis sur un lit de camp, fumant, sa tunique déboutonnée. Il me regarde en entrant et me fait un clin d'œil. Dès que l'officier de quart s'en va, j'écarte les jambes et mets mes pouces dans ma ceinture.

« Eh bien, morceau d'animal, qu'as-tu fait maintenant ?

« Ils ne te l'ont pas dit ?

"Je veux que tu me dises..." vous. "

Vous pouvez imaginer d'après ce que j'ai écrit sur Hagen qu'il n'est pas un gars ordinaire. Il ne pouvait pas s'agir d'un homme qui jette un coup d'œil pour contrarier une femme, cinq secondes pour trouver le meilleur moyen d'attaquer et de détruire un char d'un tonnage supérieur au sien, et dix minutes pour retirer un régiment blindé d'un champ. dans lequel il ne sait pas bien manœuvrer pour le placer dans un autre où il peut fonctionner avec tous les avantages.

Il est grand, avec des épaules d'ancrage et des hanches étroites. Autant que je sache, il n'y a pas un seul sudiste parmi ses ancêtres ; mais il a les cheveux noirs et les yeux marrons. Ses mains sont grandes et poilues ; son cou, solide ; ses jambes, droites comme des colonnes.

« Est-ce que tu connais Ana ? » Il me demande.

"Oui je la connais. "Je sais" qu'elle est la femme d'un autre homme, et ce putain de singe drôle aurait dû le penser.

"Tais-toi maintenant. Tu m'as demandé et je te réponds. Tu veux l'entendre ou pas ?

« Parle, bordel !

« Eh bien ça. Si vous la connaissez, que puis-je ajouter d'autre ? Je lui ai dit qu'elle avait de beaux yeux et elle a mis ses bras autour de mon cou. Son mari est arrivé à ce moment-là.

« Vous n'allez pas me dire que vous étiez chez lui la nuit, juste pour lui dire qu'il avait de beaux yeux.

Il me regarde d'un air moqueur et ferme la bouche.

"Eh bien, qu'as-tu fait à ce pauvre homme?

« Empêchez-le de me faire quoi que ce soit.

« Que lui as-tu fait ?

« Je l'ai mis en position horizontale. Certains commérages ajoutent que je l'ai frappé, mais je ne me souviens pas de ce détail. Il y a des trous dans ma mémoire, Ulrich.

« Savez-vous que frapper un maire n'est pas une chose aussi innocente que de boire un litre de vin ? Vous connaissez?

« J'ai une petite idée là-dessus.

« Et que ça peut vous emmener devant le Tribunal Militaire ?

"Ça, déjà...

Il hausse les épaules.

"Regarde" dis-je en m'approchant de lui. Des choses très sérieuses se préparent. De ce fait nous veillerons à ce qu'il ne vous arrive rien... pour le moment, à cause de cette sale besogne. Sinon, je peux vous assurer que je vous laisserais pourrir dans cette pièce jusqu'à ce qu'un tribunal vous assigne ailleurs.

Il me regarde bizarrement.

« Et comment sais-tu, Ulrich, que je n'ai pas fait ce sale boulot pour éviter d'être impliqué dans ces graves événements dont tu parles ?

Je sens le sang se refroidir dans mes veines quand je l'entends. C'est pas possible. C'est impossible. Dieter Hagen n'aurait pas pu faire une telle chose. Mes oreilles me trompent.

J'arrive à peine à balbutier :

"Qu'est-ce que tu fous...?

Il se lève et me tape sur l'épaule.

« Allez, allez, Ulrich, ne fais pas cette grimace. Je n'ai pas trouvé d'excuse pour ne pas aller au front, si c'est ça qui te terrifie. souhaite que cet animal me trouve réconfortant sa femme. C'est simplement ma mauvaise étoile qui l'a amené quand l'oreille d'Ana était très proche de ma bouche.

Je recule, un peu rassuré. Moi-même, plusieurs fois, au cours des derniers mois, je me suis surpris à penser que j'en avais déjà marre de la guerre et que tout ce que je voulais, c'était pouvoir me reposer calmement, quelque part, et passer le reste de mes jours sans avoir à planifier continuellement la meilleure façon de détruire un de mes semblables. Mais j'ai réussi à chasser ces mauvaises pensées, comme c'est mon devoir, et à les remplacer par l'idée que si nous devenons démoralisés, que deviendra notre pays ? Je ne dois pas abriter, pas un seul instant, de telles pensées défaitistes.

"Nous ferons ce que nous pouvons pour vous," lui dis-je. Mais si tu pars d'ici, je ferai en sorte que tu ne bouges plus de mon côté, et je ne te quitterai pas des yeux un seul instant.

Je claque la porte pendant qu'il se tient là, souriant. Ce maudit coureur de jupons sait bien qu'on en a besoin, que si tout homme capable de lever un fusil et d'appuyer sur la détente est nécessaire pour notre pays, lui, qui sait faire bien plus de choses, est indispensable.

A la porte du palais, je trouve l'officier de garde en train de parler à un groupe de personnes. Le bourgmestre est là, et son mari est là aussi.

Qu'est-ce qui vous a mis en position horizontale ? Ha! Le visage du maire révèle les traces des coups qu'il a subis aux yeux les plus aveugles. Il aurait tout aussi bien pu trébucher sur les chaînes d'un char par une nuit noire ; telles sont les marques que les poings de Hagen ont laissées sur son visage brutal.

Et le maire ? Sous son manteau de drap gris, qui ne suffit pas à cacher ses splendides formes de femme dans la fleur de l'âge, elle apparaît souriante, les yeux plissés, sa bouche rouge entrouverte pour laisser apparaître deux rangées de dents polies.

Son mari parle à l'officier en agitant les mains. Entre ses lèvres violacées, l'entaille d'une dent est noire, probablement arrachée alors qu'il tentait de défendre un honneur qu'il n'avait aucun intérêt à être défendu.

Enfin la femme prend son mari par le bras, lui dit quelque chose à voix basse et ils se retournent. Il y a déjà de nombreux soldats et quelques compatriotes, rassemblés, observant le couple avec un intérêt ironique.

8 décembre.

Aujourd'hui, le révérend Finstenmeier a prononcé une messe de campagne pour être une fête catholique très importante. Nos soldats bavarois et autrichiens y ont assisté en grand nombre.

Pendant ce temps, les mauvaises nouvelles arrivent de partout. Les Russes sont à quarante kilomètres de Budapest, et aujourd'hui ils nous annoncent que les Anglais ont occupé Ravenne, en Italie. Suivez la clôture.

Hagen n'est pas revenu et je n'ai pas pu me rendre à Pronsfield. Après tout, mon devoir est ici dans le camp de camouflage. Mais j'ai parlé à « Oberst » Pieck, qui semble toujours ravi d'être porteur de mauvaises nouvelles. C'est lui qui m'a parlé de Budapest.

"Apparemment, le maire veut la justice à tout prix" m'a-t-il dit en s'assurant que je connaisse l'histoire. « Et ça ne m'étonne pas. Hagen ne peut pas se comporter comme s'il était en terrain conquis. Ce n'est pas l'Italie.

"Non, monsieur le colonel" je réponds respectueusement.

« Si ce n'était pas parce qu'on a besoin de lui... Mec, je considère que coucher avec une femme de trente ans n'est pas un crime ; mais vous devez avoir du respect pour le mari moqué. Ne pensez-vous pas que Tagger ?

« En effet, colonel, et moi-même l'avons fait savoir au capitaine Hagen.

« Si l'affaire est reportée, le capitaine Hagen sera sous votre surveillance, Tagger, et vous serez responsable de ce que vous faites. Je veux que cela soit bien compris.

« Oui, colonel.

Je dois répondre « oui, colonel », mais ce que vous m'ordonnez de faire, c'est d'assumer la responsabilité directe du fait que le sirocco n'a pas causé de dommages à une caravane bédouine dans le désert. Je peux menacer Hagen avec ma surveillance, mais puis-je me tenir responsable ? La charge sera lourde.

Non pas que je sois trop excité à l'idée de commencer à avancer avec les chars devant l'ennemi, mais presque, presque, je le souhaite. Au moins je sais que pendant l'action, Hagen se regarde.

9 décembre.

Les Américains avancent sur le front de la Sarre. On ne sait encore rien de l'infraction. Les heures passent plus lentement que jamais.

Je vous écris dans une des pièces de la ferme où la brigade a installé le bureau de liaison. Un brouillard dense, plus froid que si nous étions au Groenland, s'est abattu sur la campagne.

On boit du cognac et du cognac pour se réchauffer. J'ai eu une garde très lourde, puisque la nuit les alarmes ont sonné. Des centaines d'avions alliés nous ont survolés. Le rugissement de ses moteurs était comme le battement d'une contrebasse géante. Même la terre a tremblé.

Heureusement, ils n'ont aucune idée que nous sommes ici. Sinon...

Hagen ? Il continue dans l'état-major général de la division. J'ai eu de vos nouvelles par l'intermédiaire de Gefreiter Behme. En supposant que ce foutu caporal parviendrait à voir son capitaine, je lui ai apporté des cigarettes et du cognac. A son retour, le caporal me dit que le capitaine va bien et qu'il a tout de suite honoré les deux.

"Apparemment", poursuit-il, "le maire Wald a déclaré qu'il retirerait l'accusation si le capitaine s'excusait personnellement auprès de lui.

En le disant, le caporal ne m'a pas regardé. Il semblait très intéressé par le vol stationnaire d'un pinson royal.

« Que veux-tu dire ? Qui est-ce qui t'a donné cette nouvelle, Behme ?

"Eh bien... personne en particulier, monsieur le commandant. Je l'ai entendu quelque part.

« Où ? À qui ?

« Là-bas, monsieur le commandant. Je me considère incapable de me rappeler où et à qui.

Je ne serais pas étonné que cette bergante ait été mitigée en la matière. Il est tout à fait capable de le faire sur ordre de son capitaine.

10 décembre.

Profitant d'une courte pause, pendant laquelle, apparemment, ma présence n'était pas nécessaire, je me suis rendu à Pronsfield, à cinq kilomètres de l'endroit où nous campons.

J'ai appris de l'un de mes nombreux excellents amis que l'acte d'accusation pouvait effectivement être abandonné. En l'occurrence c'est un commandant qui était avec moi à Paris, dans le même hôpital, qui me l'a dit. C'est le secrétaire du juge militaire, le colonel Weiberg, vous devez donc bien le savoir.

« Je vais vous dire en toute confiance que le maire Wald a l'air effrayé. Peux-tu le croire ?

"Je pense que oui.

« Ce n'est pas que le colonel Weiberg soit impatient de mener un procès contre Hagen ; Mais si vous êtes sous pression, vous devrez le faire. Nous avons parlé avec le bourgmestre et sa femme... A propos, Tagger, as-tu remarqué quel morceau de femme ?

"Oui. Mais, revenant à Hagen...

Quels yeux, quelles jambes et quoi... ; mais bon sang, si vous l'avez vue, je n'ai pas besoin de vous excuser. Je vous assure que cela ne m'aurait pas dérangé d'avoir moi aussi entrepris une petite conquête d'elle par moi-même. Mais les choses ne semblent pas trop bonnes pour un délit d'amour.

"Je retourne à Hagen..." je répète patiemment.

« Eh bien, il semble ... et notez que je dis apparemment : « Herr » Wald a eu des indices sur ce qui pourrait lui arriver si le procès se déroulait et il semble impatient de régler l'affaire. Tant que Hagen trouve des excuses pour lui.

"En public?" demanda-t-il, horrifié. Je sais que Hagen ne fera pas ça même si son cou est attaché à une corde de chanvre.

"Homme non. Gee, la chose n'est pas si mauvaise. Je veux dire du point de vue d'un homme comme Wald, un peu plus qu'un paysan. "

Herr " Wald se contentera de faire savoir à ses administrations qu'un officier s'était excusé, même s'ils ne l'ont pas vu faire. " Herr " Wald est un patriote à sa manière. Il se rend compte que nous sommes en guerre et que les officiers doivent avoir des privilèges.

"Peut-être que cela pourrait être fait," dis-je pensivement.

— Eh bien, dans ce cas, tout s'arrangerait. Mais j'aimerais savoir qui c'est qui fait peur à Wald. Peut-être sa femme. Je l'ai trouvé très capable de le faire.

Je pense au caporal Behme et à son dévouement pour Hagen, mais je ne considère pas qu'il est de mon devoir de l'informer. Après tout, c'est lui le greffier du juge d'instruction, pas moi.

Je demande à voir Hagen, mais ils me disent que ce n'est pas possible.

11 décembre.

Rien de particulier si ce n'est que, comme les troupes continuent d'arriver dans l'Eifel, nous allons devoir grimper les uns sur les autres. Aujourd'hui, j'ai vu deux trains avec des soldats venant du front russe. Les choses doivent mal se passer pour qu'ils en retirent des troupes, avec la pression brutale des "verdamters" soviétiques sur tous les fronts. Ils viennent avec les vêtements déchirés, les yeux hallucinés et la terreur dans les pupilles. J'ai fumé une cigarette avec l'un des officiers, mais ils sont silencieux comme morts. Ils ne veulent pas mentionner "ça".

12 décembre.

Les Russes avancent au nord-est de Budapest. Comme tout va mal ! Des milliers d'avions alliés ont bombardé la patrie. J'imagine que ma vieille mère là-bas au Schleswig sera raisonnablement en sécurité. Il n'y a rien là qui puisse tenter ces bêtes qui bombardent un chantier naval militaire aussi bien qu'une école. Cela fait quelque temps, près de trente jours, que je n'ai pas reçu de lettre de lui. La radio mentionne les bombardements avec beaucoup de circonspection. Il ne veut pas que nous soyons démoralisés, évidemment.

Ah, il y a des nouvelles. Nous avons Hagen ici avec nous. Il est arrivé ce matin, à temps pour expédier une demi-bouteille de cognac que j'avais gardée pour une meilleure occasion. Il s'est comporté comme si de rien n'était. Des officiers l'ont entouré, posant des questions ; mais il les a écartés avec une blague opportune. Quand nous étions seuls, je lui ai demandé quand ils l'avaient relâché et il m'a dit que c'était hier soir.

"Où avez-vous été jusqu'à présent ?" Je lui ai demandé.

« Vous ne pourriez jamais l'imaginer. Chez le bourgmestre Wald, buvant une bouteille de vin du Rhin avec lui et le bourgmestre « Frau ». Je suis allé chercher des excuses, et je suis déjà resté dîner.

Comme il me le dit, ses yeux marrons me regardent d'un air sarcastique. Me tromper ? Non, ce diable ne me trompe pas. Il a, en effet, Dieu vit.

Et si le bourgmestre ne s'est pas retiré discrètement pour que lui et sa femme puissent se dire au revoir avec affection... Il y a des choses qu'on ne comprend pas et que je ne comprendrai jamais, car la vérité est que toutes mes pensées concernant Hagen sont légèrement teintées de envie.

Il y a des hommes qui, .., auraient dû naître dans un autre siècle, au seizième par exemple, et il est de ceux-là. Le manteau de " condottiero

" lui aurait convenu, et le droit de vie et de mort sur toutes les femmes qu'il pouvait vaincre avec son épée.

Mais... Hagen avait-il vraiment besoin de toutes ces choses ? N'obtenez-vous pas tout ce que vous voulez... maintenant, au vingtième siècle ?

En distribuant les cadeaux, la Nature est excessivement généreuse avec certaines personnes, et très avare avec d'autres. Hagen est l'un des premiers. moi, de la seconde. Pouvez-vous combattre le destin ?

13 décembre

La danse va commencer d'un moment à l'autre.

Je le sens. Je suis un vétéran et je suppose que ces choses. Et comme moi, tous les officiers. Les consultations entre les commandants du régiment et ceux de la brigade, ceux de la brigade avec ceux de la division... Et les rations supplémentaires que reçoivent les troupes et qui sont "presque" comestibles... Et les trains de munitions, et les énormes pétroliers que nous avons vus camouflés à dix kilomètres au nord...

Tout, en somme, est comme une mosaïque qu'un bon soldat, aguerri en maintes batailles, sait interpréter avec justesse. Nous allons entrer dans le feu.

Lorsque? S'ils me posaient la question, je dirais que peut-être demain... Non, pas demain. Après demain.

Nous restons tout le temps à côté des voitures, ou très près d'elles. Les permis sont épuisés.

Aujourd'hui, il y avait une distribution de cognac. Le froid est extrêmement intense et il neigera sûrement d'un moment à l'autre.

Sens de l'attaque ?

J'ai parlé avec un capitaine d'observation d'artillerie. Il m'a dit qu'entre Coblence et Bonn une autre armée blindée avait pris position. Ils sont SS

J'ai cherché « Oberst » Pieck, et quand il m'entend, il fronce les sourcils.

« Une armée SS 'Panzer' ? Ce ne peut être que le sixième. Il est de formation récente. Ce sont peut-être de bonnes personnes, mais je doute qu'ils aient l'expérience nécessaire.

Tout occupé qu'il soit, Haller, l'assistant de von Manteuffel, prend quelques minutes pour moi.

« Si c'est le Sixième« Panzer ». Tagger, on attaque vers les Ardennes.

« Qui commande cette armée ?

« Le général Dietrich. "Sepp" Dietrich.

J'ai entendu parler de lui comme d'un bon militaire, mais un capitaine ignore beaucoup de choses.

« Le Führer s'en est donc tiré.

"Je pense que oui. Comment pourrait-il en être autrement ? Rundstedt a crié à mort, a refusé de la diriger, et Model a fini par prendre le commandement de l'opération.

Et que dit le général ?

Pour nous, « le général » est et sera toujours le commandant de la Cinquième « Panzer » : le « generalleutnant » von Manteuffel.

Il n'était pas d'accord non plus. Il est allé avec Model pour voir... "il a baissé la voix et regarde autour de lui au cas où quelqu'un nous entendrait" pour voir le colonel général Jodl. Tout a été inutile. Il sera attaqué par Les Ardennes. Avec quoi, soyez prêt.

« Je le serai, n'hésitez pas.

Comment a-t-il pu le découvrir ? Quand j'arrive à notre logement, je rencontre Hagen. Il est penché sur une carte et mesure soigneusement les distances. Je me penche par-dessus son épaule et je vois ce qu'il fait : c'est la carte des Ardennes, ce territoire vallonné et boisé à cheval sur la Belgique et le Luxembourg, où nous nous retrouverons probablement embourbés dans quelques heures.

"Que faites-vous?" Je lui ai demandé.

« Reconnaissance préalable, cher Ulrich.

« Pourquoi précisément sur ce terrain ?

« Parce que c'est là qu'on va essayer de chasser les métis et les Anglais.

"Comment savez-vous?

« Prémonition, Ulrich. Et vous le savez aussi. Nous sommes une paire de vieux chiens sages; Alors pourquoi nous leurrons-nous ?

Votre index est fermement planté sur un nom au piano.

« Regardez ce carrefour là-bas, presque devant nous. Nous irons là-bas.

Léo : Bastogne. Eh bien, c'est un carrefour routier. Il est fort possible qu'il ait raison. Encore un point sur la carte. Une ville de plus à occuper.

« Dans tous les cas... Préparons-nous.

Ses yeux me regardent d'une manière étrange :

"Oui," j'affirme et hoche la tête.

14 décembre.

Suspension de tous les permis, "absolument" tous. Le général a personnellement inspecté les chars. Entouré de son bâton il a croisé devant nous, la tête haute, les yeux fermes.

Plus de cognac et cognac pour les troupes. Double portion de viande, beurre et pommes de terre.

Nous sommes tous nerveux, tendus. Ce soir, des avions anglais ont bombardé Cologne. Se pourrait-il qu'ils n'aient pas remarqué notre présence ? Ils ont dû le lui donner. Depuis le Luxembourg, les Américains appuient fermement. Sa Troisième Armée, commandée par un clown qui fait porter aux officiers leurs insignes sur des casques d'acier, pousse férocement. Ai-je écrit « clown » ? Ce n'est pas le cas, soyons justes. Il s'agit de l'homme qui a brisé la Grande-Bretagne en deux quelques jours après l'invasion. Ça s'appelle Petton ou Patton. Ils viennent de me le dire.

Il est question d'évacuer les villes allemandes de cette zone au cas où les choses ne se passeraient pas bien ; mais pourquoi se tromperaient-ils ? Nous devons tous avoir confiance. Confiance totale. Nous avons raison et raison, nous avons encore la force... nous l'avons toujours, Dieu vit, et nous les jetterons à la mer. Le Führer l'a dit. Confiance! Il faut être confiant.

« Alors... pourquoi ai-je vraiment peur ? Les nerfs ?

Il neige furieusement.

15 décembre. Nuit.

On attaque ! « Deutschland, über alles ! Gott mít uns!

17 décembre. Nuit.

C'est génial! Colossal! J'écris vite, mon écriture sera à peine lisible, mais si je ne le faisais pas maintenant, je ne pourrais le faire nulle part ailleurs.

Nous avons passé deux nuits presque sans dormir, mais je n'ai pas voulu laisser passer plus de temps avant d'écrire ces notes, quitte à l'enlever au sommeil que j'ai si bien mérité, comme tout le monde.

Ce n'est pas une offensive, c'est une avalanche ! Nous avons transpercé les Américains comme une aiguille transperce un pin clair. A trente milles à l'heure nous avons avancé, détruisant tout sur notre passage !

Il fallait regarder courir ces métis ! Comme des lapins, ils se sont échappés avant nous. Nous avons à peine eu le temps de manger. En avant toujours en avant ! Si cela continue, nous serons devant la Meuse dans quelques heures, nous la traverserons et déborderons par la plaine flamande jusqu'à la mer, jusqu'à Anvers. Quel grand général le Führer est-il ! Quel génie ! Napoléon, Alexandre, Annibal ! Qu'est-ce que tu es à ses côtés ? Poussière! Moins que de la poussière !

La cinquième armée allemande "Panzer", devant laquelle les générations suivantes seront exposées, a divisé les défenses américaines en deux.

Je vais raconter la partie qui m'est arrivée, naturellement. Qu'importe une heure ou deux de sommeil quand on a en vue la salivation de l'Allemagne ? J'écris fiévreusement, encore étourdi d'enthousiasme, gâchant la ferveur allemande.

Nous attaquons à l'aube. Notre division s'est mise en route avec les « Tigres » en tête et les « Panthers » derrière. Le premier obstacle qui se présenta devant nous fut les forêts du nord du Luxembourg et la neige qui tombait régulièrement. Comme les routes et les autoroutes étaient déjà couvertes, ils ont immédiatement peint les voitures en blanc pour les rendre moins visibles.

De ma visière, je distinguais les bords de la route, bordés de forêts enneigées. Devant moi, il y avait deux wagons en tête, en mission de surveillance, mais nous n'avons eu besoin d'elle qu'une fois très proche de Clervaux.

Là, nous avons rencontré les premiers avant-postes américains, des groupes de combat qui se sont dispersés presque sans coup férir. Nous avons laissé le travail d'éliminer les nourrissons qui venaient derrière nous, sur leurs camions.

Nous entrâmes dans Clervaux, écrasant tout sur notre passage. La route, les rues étaient étroites, et pour ne pas interrompre la marche, nous devions démolir les maisons, niveler les obstacles.

Aux abords de Clervaux, un groupe d'ingénieurs américains avait placé des défenses antichars. Cela signifie qu'ils n'étaient pas aussi ignorants de nos plans que nous le supposions. Cependant, leur travail avait été fait trop à la légère. Nous avons cassé les falaises et à ce moment-là, la voiture devant moi a heurté une mine.

Elle fut transformée en un tas de ferraille, son ventre éclata et son patron pendait sinistrement à la tour, comme une poupée désarticulée.

J'ai ouvert le feu sur un véhicule, un transport de troupes "Chevrolet", fuyant tête baissée dans la pénombre d'une aube grise et blanche, et j'ai eu la grande satisfaction de le voir exploser.

J'ai dit au chauffeur de ralentir. C'était un champ semé de mines, et je vis bientôt qu'il avait été sage. Une "Panthère", dont je n'ai pas pu distinguer le numéro, a pris une violente chute lorsqu'il en est tombé sur une, et son réservoir d'huile a explosé.

Maintenant, nous avions de la lumière. Les fusées éclairaient parfaitement la route et le champ, et j'ai regardé nos chariots s'étendre pour longer le champ de mines, pénétrant à travers la forêt.

Ma position était presque au centre de la colonne. J'ai remis ma peau entre les mains de Dieu Tout-Puissant et j'ai ordonné d'avancer.

Dieu était avec moi ! S'il y en avait d'autres sur la route, Il guidait mes pas pour ne pas trébucher dessus. J'ai réussi à passer et j'ai chargé férocement un bâtiment d'où nous avons été tirés au bazooka et au feu antichar.

La voix d'Oberst Pieck résonnait dans mes oreilles.

« Détruis ça, Tagger ! Détruisez ces antichars !

Je savais exactement comment faire.

A moins de quarante mètres, à l'aube qui devenait de plus en plus blanche, j'ai commencé à tirer. Mon artilleur, un garçon saxon au sang froid admirable, a visé et a envoyé une balle fracassante dans la maison. Immédiatement, le deuxième et le troisième. Ils ont tous fait mouche. Au premier, le toit s'est envolé dans les airs, une énorme bouche s'est ouverte dans la façade au second, et, enfin, le troisième a explosé au sous-sol de l'immeuble, probablement au sous-sol, car tout a explosé comme un volcan.

J'ai vu les uniformes kaki des soldats américains traverser le terrain.

Et on continue d'avancer.

A dix heures du matin, nous continuâmes à pénétrer profondément dans les maigres défenses américaines. Puis l'ordre de Pieck m'est venu.

« Tagger, vous devez tourner vers le sud. Toutes les voitures au sud.

Ca c'était quoi? L'objectif a-t-il été modifié ?

Mais quand nous avons vu la voiture de Pieck et la direction qu'elle prenait, nous avons réalisé qu'il s'agissait d'une légère déviation, de la part de la division, alors que le reste continuait d'avancer.

Je ne peux plus écrire. Je m'endors. Je dois le garder pour une autre fois.

18 décembre.

Ceci, plus qu'un combat, semble un massacre. Je profite d'un moment où nous nous sommes arrêtés pour nous ravitailler, et je vais essayer de raconter mes impressions puisqu'hier il a dû m'interrompre.

Mais surtout, quel spectacle des bataillons américains anéantis, faits prisonniers, embrochés par les baïonnettes de nos braves tirailleurs qui n'ont parfois qu'à descendre de leurs camions pour ramasser les ennemis qui se rendent par centaines ! Un tel spectacle remplit de joie un cœur allemand qui pendant tant de jours a été contraint par le doute et la peur de l'avenir de sa patrie.

Ils ne peuvent pas nous battre ! On les bat à chaque ligne, l'Allemagne est sauvée !

Oui, je le fais, malgré les regards ironiques que Hagen m'a donnés quand je lui ai dit. Je vous ai donc prévenu il y a à peine une demi-heure.

Les camions-citernes camouflés sont arrivés il y a un instant pour nous ravitailler en carburant. Le ciel, couvert de nuages, Dieu merci, ne permet pas aux avions américains de nous faire beaucoup de mal, même si nous entendons parfois des appareils d'information et de photographie planer au-dessus de nos têtes, comme des papillons désorientés.

D'après mes nouvelles, vers le Nord, la Sixième Armée SS "Panzer" avance aussi avec fureur et détermination pour diviser les Anglais et les Américains.

Si nous séparons les deux armées, les alliés tourneront leurs fiers derrières et se jetteront à la mer pour se sauver. La France sera à nouveau sous nos yeux, et l'Allemagne sera sauvée.

Qu'est-ce que le capitaine Hagen a à opposer à cela ?

Debout devant sa voiture, casque à la main, le cou enveloppé dans son foulard de soie, il fume avidement. Il m'offre une cigarette, pendant que c'est à notre tour de faire le plein, et nous attendons que Pieck nous donne nos commandes.

Les forêts des Ardennes s'étendent autour de nous. Un endroit désolé, en cet hiver rigoureux. Des collines basses couvertes d'arbres, des fours à charbon...

Il a cessé de neiger.

"Je pense que tu es trop impressionnable, cher Ulrich", me dit Hagen.

« Mais ne voyez-vous pas qu'au-delà de ces forêts maudites, c'est la Meuse, et derrière la plaine, la plaine lisse qui nous conduira droit à la mer ?

« Je vois tout cela et bien plus encore. Je vois que chaque char qu'ils nous détruisent ne peut pas être remplacé et qu'au contraire, pour chacun des leurs qu'ils perdent, trois de France sont mis en service. C'est ce que je vois.

L'une des caractéristiques les plus déplaisantes de Hagen est qu'il ne baisse même pas la voix pour porter ces jugements démoralisants. Si quelqu'un m'entendait vous écouter sans protester vigoureusement, il pourrait croire que j'ai participé à vos idées.

« Capitaine Hagen, je vous défends de vous exprimer en ces termes !

« À l'ordre, M. Senior Tagger », répond-il d'un ton rauque et moqueur.

Je devrais le réprimander plus vigoureusement, mais je remarque alors que son mitrailleur peint trois petits drapeaux américains sur le flanc de son « Tigre ».

"Trois?" Je demande.

« Naturellement » répond-il avec une fierté insolente « . C'était le moins qu'il puisse faire en deux jours de combat, non ?

Trois chars détruits. Et je sais que Hagen ne ment pas. Si votre tireur tire un drapeau écrasé et barré, c'est qu'il a abattu un char américain, sans aucun doute.

Je ne suis pas envieux, mais j'aimerais que ces trois petits drapeaux soient à moi.

"Je vous félicite" dis-je.

"Merci.

Pendant un instant, nous avons fumé en silence. Un groupe de prisonniers américains passe devant nous, menés par nos fantassins. Au loin, vous pouvez entendre les pulsations profondes du 88 mélangées aux aboiements aigus des canons de char.

Ils avancent sans nous, mais nous les rattraperons dès que nous aurons fait le plein. Nous n'arriverons pas trop tard, je vous assure !

Les prisonniers américains, en colonne, avec leurs longues capes kaki, leurs casques d'acier et leurs bonnets tricotés, ont l'air robustes et bien nourris, mais leurs yeux révèlent une peur misérable. Ce ne sont en aucun cas les héros du Far-West légendaire et des films d'aventure dont nous a criblés le Hollywood d'avant-guerre. Ils ressemblent plutôt aux déchets des quartiers industriels de Chicago et de New York.

"C'est possible", songe-t-il en jetant la cigarette. Pour chacun de nos pauvres gars qui prennent le fusil pour la première fois maintenant, ou de nos grenadiers russes fatigués, il y en a cinq comme ceux-là.

« Capitaine Hagen !

"M. Commandant Tagger !

Il n'y a vraiment aucune raison d'organiser un différend, qui ne mènerait à rien. Et Hagen semble prêt à se battre. Apparemment, une heure d'inaction lui suffit pour redevenir le capricieux indiscipliné.

Le colonel Pieck nous appelle. Je dois finir ces pages.

19 décembre.

Pas en vain, car je n'ai fait que remplir mon devoir, mais avec une fierté légitime, je dirige ces lignes avec mon nouveau diplôme. La commande vient de m'arriver et je l'ai reçue de la bouche de " Oberst " Pieck. J'ai été promu.

Hagen aussi. Maintenant, il est plus âgé. Je l'ai félicité et il m'a répondu quelque chose à propos de mettre l'épaulette tressée au-dessus de la croix quand ils la ramassent. Naturellement, je ne voulais pas vous écouter.

Mais revenons à notre histoire.

Oberst Pieck nous a donné les ordres. Apparemment, bien que temporairement bien sûr, nous sommes en détention. Ignorez comment, puisque le ciel, entièrement couvert de nuages, permet à peine de s'envoler ; une division de parachutistes américains a réussi à se planter sur notre passage, juste sur notre première ligne d'attaque.

Ils me le précisent. Ils l'ont emmenée par terre. Cela me rassure. Le temps reste donc notre allié.

Le fait est qu'ils ont bloqué, comme je l'ai dit, notre attaque frontale. Les parachutistes sont dans une ville dont le nom résonne en moi comme une cloche. Bastogne. Il me semble encore me souvenir du long et fort index de Hagen qui le désigne sur la carte.

Et là, ils se défendent, comme des rats acculés. Bien entendu, le général Von Manteuffel a immédiatement donné l'ordre de continuer sur les côtés pour encercler la ville et les parachutistes qui s'y trouvaient.

Notre mission, nous dit Oberst Pieck, se poursuit : rejoindre la Meuse par tous les moyens à notre disposition. Et qui doute que nous l'accomplirons ? Deux de nos divisions poursuivent leur avance, quoiqu'apparemment un peu plus lentement. Nous, je crois, sommes en mission pour détruire cet obstacle que Bastogne représente.

Immédiatement après la conférence avec le colonel, à laquelle assistent tous les officiers de la brigade, je suis retourné à mon cher «

Tigre », dans lequel je n'ai pas encore pu peindre un petit drapeau, mais que je ferai si le l'aide de Dieu est toujours de bon augure pour moi.

Hagen ne m'a rencontré qu'au bout d'une heure, ce qui m'a surpris. Mais pour le moment, je n'ai pas le temps de dire quoi que ce soit. Ils nous ordonnent d'avancer et nous devons le faire. Allez-y donc, et que la victoire nous couvre de ses ailes.

19 décembre. Nuit.

Dieu merci, j'ai l'impression d'avoir un peu de temps maintenant. Je vais m'en servir pour continuer à retranscrire dans ce journal, qui m'a rendu si précieux, les derniers événements.

Qui ont été abondantes.

Bastogne n'a pas baissé, malgré nos prévisions. Mais, allons-y par parties. Je dois mettre mes pensées et mes souvenirs en ordre. Car dans une bataille le soldat ne voit guère plus que ce qu'il a sous le nez. Puis un renseignement ici, un commérage là, pris au hasard, lui permet de reconstituer quel a été le tableau général des opérations.

Tout d'abord, je le répète : Bastogne n'est pas tombé.

Nous nous sommes jetés dessus de toutes nos forces et l'avons encerclé. Oui en effet. La ville est enfermée dans un cercle d'acier, qui se rétrécit inexorablement.

A travers les champs qui l'entourent, à travers les forêts enneigées, nos troupes blindées et nos braves grenadiers se battent contre un ennemi que l'on croyait plus faible, mais qui résiste furieusement, peut-être avec le courage que donne le désespoir.

Bastogne est à un carrefour. C'est un lieu clé, cela ne fait aucun doute, et plus encore en ce moment : quand la Sixième "Panzer" et une partie de la Cinquième avancent impétueusement, suivies des divisions d'infanterie, d'artillerie, d'impedimenta, flanquées d'ingénieurs de Destruction. , sapeurs, mineurs, et fournis par un quartier-maître un peu économe, il faut bien l'avouer, en l'honneur de la vérité. Et plus en raison du fait que ne pas pouvoir nous bombarder en raison des circonstances météorologiques « heureusement ! « Ils ont bombardé nos lignes d'approvisionnement.

J'ai dû assister à la bataille dans l'un des points de friction les plus importants : à environ trois kilomètres de la ville, presque à la frontière du Luxembourg, comme je l'ai vu sur la carte, entre les deux routes qui de l'Est convergent vers la ville . Une grande forêt d'arbres denses, parmi laquelle les Américains soutenus par des antichars, des tireurs de "bazooka" et des mortiers se sont réfugiés.

Pendant un instant, il avait cessé de neiger. Les flocons s'étaient transformés en gouttes d'eau, ce qui nous a fait croire que ce serait un avantage. Malheureusement, cela n'a pas été le cas. L'eau a gelé immédiatement, car la température est très basse, et les chaînes des réservoirs restent comme si nous roulions sur du verre.

Mon char, plusieurs fois, s'est effondré et a laissé nos canons pointés sur nos propres troupes. Aussitôt, Pieck donna l'ordre de quitter la route d'où nous étions mitraillés pour entrer dans la forêt dont nous déracinâmes les plus jeunes arbres. Heureusement, il existe des sentiers praticables et à travers eux, nous nous sommes infiltrés comme de l'eau à travers une éponge.

J'ai dû détruire un nid de lanceurs de bazooka, cette dangereuse invention britannique, que nous aurions dû inventer nous-mêmes. Le coup d'une de ces torpilles dont l'hélice porte deux noms, est quelque chose de vraiment choquant, j'ai vu comment à son impact une "Panthère" se fendit en deux, éventrée comme un ver qu'un soulier trouva sur son passage.

Je lui ai tiré deux salves, une fois localisé, et j'ai regardé avec satisfaction comment ses serviteurs volaient dans les airs comme des épouvantails en chiffon.

Derrière moi, à pied, viennent deux compagnies d'infanterie, se protégeant de mes fesses et de mes flancs. Un regard sur leurs visages m'a fait penser que ce foutu singe Hagen n'était peut-être pas loin.

Beaucoup d'entre eux sont assez vieux pour combattre en première ligne, et d'autres sont des jeunes qui avancent à pas de géant, les yeux fous, les corps tendus, qui malheureusement passent à côté d'accidents au sol qui serviraient à abriter une escouade complète et, à la place, ils utilisent des abris où ils sont anéantis par des tireurs embusqués.

Mais je ne dois pas être découragé par ces impressions. Si le haut commandement a décidé d'employer des réservistes plus âgés et plus jeunes, il doit avoir des raisons puissantes et bien établies de le faire. Il ne peut y avoir aucun doute à ce sujet.

Un peu plus loin, et toujours au cours de cette terrible après-midi, j'ai dû affronter un danger encore plus grand.

Protégés par un épais groupe de vieux arbres aux troncs épais et durcis par le gel, les Américains ont posé divers mortiers et... quelque chose de bien pire.

Les premiers mortels alertent les fantassins qui marchent derrière moi, et ils se déploient en guérilla, rapidement, sous les ordres de leurs officiers. Je prends la radio.

— J'ai devant moi le niveau cinq cent deux, colonel, dis-je.

J'entends immédiatement la voix de Pieck. Cet excellent commandant de régiment semble avoir cent bouches et cent oreilles pour entendre toutes les parties dont nous le criblons constamment. Il s'occupe d'eux tous et donne l'ordre exact et opportun à tous.

— C'est ton objectif, Tagger.

« Oui, colonel. Je vais l'attaquer.

« Qu'est-ce qui ne va pas, Tagger ?

Il s'est rendu compte que je ne prendrais pas la peine de l'informer que je vais remplir l'objectif assigné, et dont la mission m'est parfaitement imposée.

"Anti-aérien, monsieur le colonel"

« Détruisez-les, Tagger. As-tu besoin d'aide ?

"Je ne pense pas, monsieur le colonel

« Combien de voitures avez-vous là-bas en ce moment ?

« Cinq, monsieur le colonel. Mais je n'ai pas pu entrer en contact avec Hagen. Je ne sais pas s'ils l'ont détruit.

— Ils ne l'ont pas détruit, Tagger. Je te l'envoie tout de suite. J'en ai eu besoin ailleurs.

Alors maintenant, il n'est plus « mon capitaine » ? Maintenant, c'est à nouveau l'irremplaçable, l'homme qu'il me vole pour l'utiliser quand bon lui semble. Je suis sur le point de sourire, quand la radio tank m'apporte la voix familière :

— J'y vais, Tagger. Valeur.

Maudit singe. Valeur ? Vous en aurez besoin quand vous aurez mis la main dessus. C'est mon subordonné, non ? J'ai le droit de commander une mission sans que cela représente un appel à l'aide de ma part.

Les quatre chars que j'ai laissés tirent continuellement sur ce nid ; Mais apparemment, les maudits métis américains se sont appropriés certaines des défenses que nous avons faites auparavant et résistent comme s'ils avaient une chance de sortir de cette situation.

S'il est une arme que j'ai appris à craindre, presque autant que les canons antichars et les avions lance-torpilles, c'est bien les antiaériens quand, mis à zéro, ils nous présentent leurs obusiers. La vitesse de tir de ces maudits artefacts est effrayante. En un instant, ils peuvent placer cinq grenades explosives sur l'une d'elles qui, bien qu'elles explosent au contact de l'armure, la traversent parfois, et surtout, elles détruisent les chaînes, la tour et la transmission.

A l'intérieur du réservoir nous toussons à cause de l'odeur de cordite. De ma position, les yeux rivés sur le spectateur, je distingue le groupe d'arbres qui cache sûrement une casemate de ciment et d'acier. Les arbres sautent un à un sous les impacts de nos canons, tandis qu'avec les mitrailleuses nous balayons tout l'espace qui entoure l'objectif pour empêcher les serveurs des « bazookas » et les lance-grenades et bouteilles d'essence de montrer leur nez. .

"Prêt" j'entends dans les écouteurs.

Hagen est enfin là.

«Deux AA derrière ces arbres.

"Bien.

Bien ? Je contient une malédiction. Mais ce n'est pas le moment de contester.

À ce moment-là, une de nos voitures est touchée par une série de chocs. Culatea, presque cabré comme un cheval et, faisant pivoter l'une de ses transmissions, il est resté de flanc, offrant une excellente cible pour les Américains. Il ressemble à un scarabée dont toutes les pattes ont été arrachées d'un côté. Ils grossissent immédiatement sur lui.

« Il semble impossible d'attaquer ça, n'est-ce pas ? Demande Hagen, dont le char tire à gauche de la cible. Les autres chefs de machine semblent penser la même chose que lui.

J'ordonne qu'ils soient répartis entre les arbres. Oui, apparemment c'est impossible.

Et à ce moment-là, je vois un petit groupe, trois fantassins, trébucher en avant. L'un d'eux porte sur son dos un appareil que je connais bien. Un lance-flammes. Ces braves hommes veulent nous aider, mais ils ne pourront jamais être torse nu.

— Compris, dit Hagen, sans que j'aie besoin de lui dire un seul mot.

Et je vois comment ta voiture démarre. Un instant ses chaînes glissent sur le sol gelé, tandis que son canon crache de furieuses fusées éclairantes. Puis, ancré dans un petit monticule exempt de neige, il prend de la vitesse et se dirige comme un cyclope vers l'obstacle.

"Bonne chance" dis-je. Et j'ordonne à mon mitrailleur d'y ajouter son feu jusqu'à ce qu'il se couvre d'un jet d'acier si je me cache.

Les Américains, pour leur part, n'ont pas arrêté. Ils continuent de tirer, mais leur puissance de feu semble moindre. Ils n'ont peut-être pas assez de munitions.

Les trois fantassins s'accrochent aux chaînes de Hagen et avancent avec lui. Ils ont compris. Hagen s'avance obliquement pour les protéger au maximum.

Je fais une prière pour eux. Cela semble presque impossible, mais j'ai vu Hagen faire des choses aussi difficiles que cela.

Ça vient... ça vient...

Soudain, le char tourne sur sa crosse à un angle de vingt-cinq degrés. C'est un geste magnifique. Voilà, les garçons, semble-t-il dire.

Les trois soldats l'interprètent et ne perdent pas une seconde. Ce ne sont évidemment pas des débutants. Ils l'ont fait avec la maîtrise de soldats vétérans

Celui avec le "flammenwelfer" le signale. Comme dans un film je vois la bouche de la manche qui se soulève et, tout à coup, le jet de feu, l'horrible doigt de feu qui avance lentement.

Nous retenons notre souffle. Les Américains ont dû s'en rendre compte aussi, car leurs tirs empirent ; mais déjà la pointe incandescente s'approche d'eux, traverse les arbres qui grésillent, et finit par s'effondrer de toute son ardeur sur le blockhaus.

Un petit volcan éclate sous nos yeux. On dirait une fontaine de feux d'artifice, parmi les arbres en feu, et les paquets de munitions qui explosent.

L'obstacle n'est plus le cas. J'attends quelques instants que les emportements se calment et commande d'avancer. Avec des cris de joie, des hurlements de triomphe, les fantassins se répandent sur la cible comme un troupeau de homards.

J'essuie la sueur. La voix de Hagen atteint mes oreilles.

« Intelligent. Tagger. Le balayage est terminé. Allez-y ?

"Allez-y" je réponds.

Mais ici, je dois interrompre l'écriture. Je m'endors et le cognac, dont j'ai bu presque une bouteille, est peut-être la faute si ces pages ne sont pas la reproduction fidèle et froide de ce qui s'est passé ce long après-midi. Il m'a semblé que j'avais utilisé des mots, des phrases, des tours, un peu emphatiques. Si jamais j'ai le temps, je le relirai, mais je ne vais pas le peaufiner. Cela nuirait à son enthousiasme et, d'autre part, c'est le journal d'un soldat à un moment crucial de sa vie, pas le récit d'un historien, comme je l'ai déjà noté.

Non, je vais le laisser tel quel, même avec son éventuel manque d'objectivité.

20 décembre.

On ne mérite vraiment pas ça.

Quand j'ai à peine commencé mon récit il y a trois jours par des exclamations exultantes, rien ne me faisait penser que j'aurais à modérer ma joie justifiée après si peu de temps.

J'ai relu les lignes précédentes. Peut-être que maintenant je me laisse aussi emporter par un pessimisme quelque peu paralysant. La situation n'est peut-être pas la façon dont je la vois maintenant, avec mes yeux et mon cerveau fatigués par tant d'heures de combat presque ininterrompu.

Je l'écris : Il semble que nous ayons été arrêtés. Que notre avance vigoureuse, notre marche rapide vers la mer, a été ralentie par divers facteurs, dont ce n'est certainement pas le moindre que le temps nous tourne le dos hostile.

Oui, je n'ai pas d'autre choix que de l'enregistrer ici. Je ne serais pas loyal envers moi-même si je ne le faisais pas. Mais procédons par parties.

J'ai arrêté d'écrire hier, toujours sous la règle réjouissante de nos victoires. Ces victoires, oh, elles n'étaient pas aussi grandes que moi, j'y participais, me semblaient-elles. Mes yeux s'étaient remplis de blockhaus détruits et brûlés, de chars ennemis écrasés, de forêts grondant sous les impacts de notre artillerie. Ce n'était malheureusement que la partie que j'avais vécue, et non le schéma général de la bataille.

L'arrivée de la nuit nous a apporté le repos, bien mérité. On nous donne l'ordre d'arrêter les voitures pour faire place aux nouvelles divisions qui n'ont pas encore pris feu et consolider les positions prises à l'ennemi.

En sortant du réservoir, mes jambes pouvaient à peine me soutenir. Je chancelais comme un ivrogne ! Un ranch froid, avec des boîtes de viande toujours apposées à la hâte sous leur étiquette, une autre publicité "Made in United States", "ironie suprême !", Café et cognac.

Nous avons dévoré la viande jusqu'à ce que la boîte soit parfaitement cueillie, et nous avons allumé des cigarettes. Ce dernier ne nous a pas été fourni, ce qui me fait craindre des jours amers, privés de quelque chose qui est presque aussi important pour le soldat que la nourriture.

Nous étions dans une clairière de la forêt, près de la route que passaient sans cesse nos convois, apportant sans cesse de nouveaux renforts à cette corne qu'est le front, et qui consomme tout ce qu'ils lui jettent.

Nous aurions tous préféré dormir dans un endroit chaud, dans l'une des villes ou villages conquis ; mais malheureusement c'est impossible.

Soudain, la nouvelle. Le général de brigade convoque les chefs. Nous y sommes allés, mais lorsque nous nous sommes rencontrés dans une ferme cachée sous une épaisse forêt de châtaigniers aux branches déchirées par des éclats d'obus, j'ai vu que si nous étions tous là, alors nos pertes étaient importantes.

« Je viens de recevoir des nouvelles de la division », nous dit le général. Il était assis à une table en pin, avec une carte dessus. Il nous regardait avec ses yeux perçants, cerclés de rouge d'épuisement ». Mes seigneurs, on nous a confié la mission de prendre Bastogne.

Il y eut un murmure, aussitôt étouffé par la main du général qui s'éleva dans les airs, éclatant.

« La ville n'est pas encore tombée, je n'ai pas besoin de vous le dire. La reddition a été offerte au général McAuliffe, commandant des parachutistes qui y étaient enfermés. Sa réponse a été grossière et indigne d'un militaire, mais extrêmement graphique. Je vais juste le traduire par "nez", très vaguement, d'ailleurs.

« Qu'attendez-vous, mon général ? », a demandé « Oberst » Pieck, dont le visage a été caressé par un casque à éclats d'obus, produisant une longue blessure qui ne l'a pas empêché de continuer à son poste.

« Attendez que le temps s'éclaircisse, colonel. C'est ce qu'ils attendent. Dès que cela arriverait, et Dieu nous en préserve, c'est bientôt, son aviation nous écraserait. Malheureusement, la protection aérienne que nous promettait le Grand Maréchal du Reich n'a pu se concrétiser.

De nombreux yeux le regardaient attentivement. C'était une nouvelle sérieuse, mais la peur ne se lisait sur aucun visage.

Cependant, j'ai été surpris. Le coude de Hagen effleura mon bras. Qu'est-ce que ce coquin voudrait me dire ? Pensait-il que ses peurs absurdes pouvaient avoir le moindre fondement ?

« Alors, messires, nous devons prendre Bastogne si nous ne voulons pas que cette ville maudite contrecarre nos plans mûrement réfléchis. Je pense m'être bien fait comprendre.

Personne ne hocha la tête, mais le général savait qu'il pouvait compter sur ses hommes.

« Je vois, continua cet excellent chef, qu'il y a beaucoup de clairières dans vos rangs. Demain il y en aura plus, je peux vous l'assurer, car j'ai promis au « Généalleutnant » que demain nous prendrons Bastogne ou nous périrons tous dans l'effort.

Personne n'aime qu'on le dise, mais nous sommes des soldats et nous comprenons parfaitement quand il faut commencer à dire au revoir à notre peau. Il avait dans nos oreilles le glas de la mort. Le coude de Hagen est revenu au mien. Ces moments n'étaient pas propices aux blagues ou aux sarcasmes.

« Messieurs, je ne suis pas porteur de bonnes nouvelles, du moins pas très bonnes. Mais je vous en fais partie justement parce que demain, quand vous affronterez l'ennemi, je veux que vous sachiez que vous vous battez pour quelque chose de plus que pour une ville, un village entre des routes en territoire ennemi, mais que vous vous battez pour l'Allemand patrie, pour la patrie de nos pères.

Il marqua une pause dramatique. Seul le grondement continu du front interrompait le silence. Car là, dans le salon de cette ferme luxembourgeoise, on aurait pu entendre le craquement d'un ver à bois.

« Mes seigneurs, la Sixième Armée SS 'Panzer' a vu son avance ralentie dans les environs de Krinkelt, et même si elle fait de son mieux pour sortir de l'impasse, selon mes rapports, elle n'a pas encore réussi. Pour notre part, les avant-postes de notre glorieuse Ve Armée n'ont pas encore atteint leur objectif d'atteindre Dinant sur la Meuse, même si nous n'en doutons pas. Mais, messieurs, pour que le "Generalleutnant" remplisse son objectif, nous devons prendre cette maudite ville qui nous oppose si désespérément. Nous ne pouvons pas laisser derrière nous un nid de soldats bien armés et bien équipés.

On hoche la tête. C'était dans tous les esprits.

Alors, messieurs, prenez note de toutes mes instructions. A défaut d'événement nouveau, vous les suivrez tous fidèlement demain, à trois heures du matin, lorsque nous commencerons l'attaque frontale.

Il s'est levé et lentement, lentement, mais d'une voix claire et précise, il nous a donné des ordres. Quand ce fut fini, nous saluâmes et nous retirâmes à nos postes. Je marchais avec Hagen qui, malgré le froid, fumait une cigarette à mains nues.

— Demain donc, mon cher, tu entreras à Bastogne ou tu mourras, dit-il soudain.

"" Nous entrerons ou mourrons. "

"Je ne.

Je me suis tourné vers lui. Nos pas résonnaient sur la neige et la terre durcie.

"Qu'est-ce que tu dis?

« Que la glorieuse deuxième division, le puissant troisième régiment, la deuxième brigade invaincue, devra le faire seule. Je ne peux pas t'aider.

"Tu es fou!

"Je ne suis pas." Ulrich. On m'a confié une autre mission. Ce soir, je dois me présenter au quartier général de Model.

J'étais abasourdi.

« Mais, au nom de Dieu, qu'est-ce que tu vas faire…?

— C'est un secret militaire, Ulrich. Mais puisque vous savez déjà que les secrets militaires sont formulés pour être brisés, cela ne me dérange pas de vous le dire, car je sais que vous êtes un bon ami et un excellent officier allemand.

Je souriais. Nous dépassâmes les rangs de chars camouflés dans la forêt, les proues vers Bastogne, dont on apercevait au loin les lueurs se reflétant dans le ventre des nuages bas. Il ne neigeait ni ne pleuvait, mais il faisait très froid.

Un soldat jouait plaintivement de l'harmonica, et deux ou trois, à côté de lui, se mirent à chanter à voix basse :

"Pour den Kaserne, pour den Grossen Tor…"

"Tu plaisantes. C'est une autre de tes foutues blagues. Quelle autre mission pourrais-tu mieux servir que sur "Katty" ?

Il a allumé une autre cigarette. À la lumière du briquet, j'ai vu son visage. Il ne souriait pas. Au contraire, il paraissait sérieux, extrêmement sérieux.

« Non, Ulrich, je ne plaisante pas. Où ai-je passé trois ans juste avant la guerre ?

Je me suis soudain souvenu. Il me l'avait dit une fois. Il a passé quelque temps, trois ans, aux États-Unis. Mais qu'est-ce que cela avait à voir avec …?

« Ulrich » a poursuivi avec le même sérieux », vieux camarade, l'état-major veut faire sauter les ponts sur la Meuse. Il va envoyer des soldats allemands vêtus d'uniformes américains s'infiltrer dans les rangs alliés, avec cette mission. Comme vous l'aurez compris, ils doivent parler parfaitement anglais avec un accent américain. Je fais déjà partie de ces hommes.

"J'ai déjà dit. J'ai compris.

« Il est presque temps de me présenter. Je t'ai accompagné ici, mais je ne suis plus. Ici on se sépare.

"Qui enverra 'Katty' ?

"Lieutenant Norr.

Il laissa tomber la cigarette et tendit la main. Je l'ai secoué. Deux soldats, là dans la nuit froide, se serrant la main. Deux amis.

« Au revoir, camarade.

"Non," dis-je à travers une gorge serrée. " Au revoir, Dieter.

Il se retourna et partit. J'ai perdu de vue sa cape gris verdâtre.

Un bon camarade. Un bon soldat.

Tant de gens comme lui ont été perdus dans cette guerre... Tant de...

Elle ne doit pas penser à lui. Il allait remplir sa mission, et je devais remplir la mienne. Les soldats ont continué à chanter, à voix basse, imprégnés de tristesse et de nostalgie.

«Bi einst, Lili Marlen, bi einst, Lili Marlen ...»

A trois heures du matin, nous montâmes dans les voitures et la brigade partit. En avant toujours en avant.

21 décembre. Tôt le matin

Comme je l'ai déjà dit, le temps n'est plus de notre côté. La première chose que j'ai vue quand je me suis réveillé d'un sommeil lourd, c'est que le ciel, qui était brumeux quand je me suis endormi, était maintenant presque plat. J'ai vu des lambeaux de nuages et d'étoiles au petit matin glacial.

Tous nos yeux se sont concentrés sur ces étoiles avec impatience. S'ils continuaient à briller, si le lendemain matin le soleil montrait sa face jaune à travers les nuages, nous aurions immédiatement les avions ennemis au-dessus de nous. Nous savions tous ce que cela signifiait.

Mais à ce moment-là, nous devions exécuter des commandes, avec ou sans étoiles, avec soleil ou sans soleil.

La première attaque brutale et perçante nous a amenés à l'un des points de résistance les plus forts de l'ennemi : les défenses que les ingénieurs américains avaient montées à la hâte, mais fermement, aux abords de la ville.

Une demi-brigade a réussi à les atteindre, combattant un ennemi qui s'accrochait désespérément à chaque accident au sol, à chaque blockhaus, s'accrochait à la terre et aux tranchées creusées dans le sol caillouteux par le gel, et laissait tuer en répondant à les leurs, à nos chars avec leurs "bazookas", leurs antichars, leurs canons antiaériens, leurs mines, leurs fusils et leurs bombes à main.

Entre nous, profitant du moindre écart, l'infanterie allemande, les meilleurs soldats du monde depuis l'hégémonie de Sparte, s'élançait dans un torrent inondant les points que nous ne pouvions atteindre.

Quelle bataille ! Quelle splendide bataille ! Odin aurait été content de ses fils s'il les avait vus combattre ainsi, sans faire ni quartier, renvoyant baïonnette pour baïonnette, grenade pour grenade, coup pour coup, morsure pour morsure.

Mais ma main se plie, ma plume tombe. Mes yeux sont invinciblement fermés, mon cœur bat irrégulièrement à cause de la fatigue. Demain je continuerai, si demain...

21 décembre.

Malheureusement, nous n'avons pas réussi à atteindre l'objectif que le général nous a donné. Ce n'est pas notre faute si nous n'avons pas réussi, et ce n'est pas notre faute non plus de rester en vie après un échec. Nous avons essayé par tous les moyens d'obéir aux deux ordres.

Nous nous sommes jetés encore et encore contre les défenses américaines, avec un courage redoublé, mais nous avons toujours rencontré des résistances fanatiques qui nous ont obligés à battre en retraite. Incroyable, mais je dois l'avouer loyalement.

Nos patrons ont analysé la situation de manière exhaustive, ils ont cherché le point le plus faible pour y insérer les cales d'attaque, mais il semble qu'un démon adverse se plaise à briser tous nos espoirs, à violer nos désirs les plus ardents.

Nous avons atteint les premières maisons de Bastogne, nous avons eu sous nos yeux inquiets le quartier général d'où partent les ordres qui s'opposent à l'avance allemande. Inutile. Avec la mort dans nos âmes nous avons dû reculer à nouveau, poursuivis par son intense feu d'artillerie qui nous écrase, nous pulvérise.

Je sais que des renforts ont été demandés au quartier général du Führer, mais ces renforts ne sont pas encore arrivés. Les charrettes sont de moins en moins nombreuses, elles traînent sur les routes et dans les forêts par dizaines, par centaines, transformées en montagnes de fer tordu. Des cadavres couvrent les collines de leurs milliers de corps gelés. Tout cela en vain. En vain ce sinistre massacre, cette destruction massive.

Ne sommes-nous donc pas les élus ? Dois-je laisser le doute se tordre dans ma poitrine allemande ? Va-t-on voir comment ces métis américains, ces Anglais traîtres à leur sang germanique, foulent aux pieds le sol sacré teutonique ? Non et mille fois non !

Mais...

Les divisions 'Volkgrenadieren', 'Panzer', toutes deux la fierté de notre Armée, sont épuisées. Un corps se rend quand le sang commence à manquer dans ses veines, et c'est ce qui nous arrive en ces jours amers qui, hélas, ont commencé si amèrement. Un sort adverse se prépare pour nous.

Et tout, pourquoi ?

Seule la force de trois divisions s'oppose à notre attaque frontale. Il y a des parachutistes américains, appartenant à la 101e Division, il y a des troupes d'infanterie, du génie, des artilleurs, mais tout cela en bien plus petit nombre que le nôtre. N'allons-nous pas pouvoir faire maintenant ce qu'il y a quatre ans aurait été une promenade militaire tranquille pour nos armes ?

Je dois l'avouer, ne serait-ce qu'à voix basse et dans ce journal que, je vois maintenant, personne ne devrait lire plus tard, car ce qui aurait pu être un clairon d'enthousiasme s'est transformé en un gémissement d'amertume. Je dois, je le répète, l'avouer : nous ne le pouvons pas.

Je ne tomberai pas dans l'excuse d'actualité de blâmer la météo, les conditions météorologiques, la malchance, notre échec. A vous, au quotidien, je vous avoue que parfois je pense qu'il y a eu quelque chose qui n'allait pas dans les plans qui ont été formulés dans les bureaux de l'Etat-Major. Mais qui suis-je, humble Oberstleutnant, pour douter du jugement clair de mes supérieurs ? N'ont-ils pas entre les mains tous les fils, toutes les informations nécessaires pour coordonner au mieux les plans ? N'ont-ils pas l'intelligence, l'étude, la perspicacité et la science militaire ?

Ils les ont, personne ne peut en douter, mais... que s'est-il passé alors ? Il n'y a personne qui puisse me l'expliquer ?

Aujourd'hui, vingt ans, nous avons fait une dernière tentative. Regroupant nos forces un peu dispersées par la dernière bataille, nous sommes montés à l'assaut.

Miraculeusement, et jamais mieux employé le mot, puisqu'on peut dire qu'il a participé à tous les combats, les trente-trois tonnes de mon

« Tigre » sont encore intactes, à l'exception de deux ou trois coups indirects. J'ai oublié de dire que je commandais le régiment, en raison de la mort de l'héroïque colonel Pieck, qui tomba bravement, touché d'un coup direct, sur son poste d'observation. Je ne sais pas si je m'en sortirai vivant, et je ne le souhaite pas beaucoup, car si l'Allemagne tombe, qu'adviendra-t-il de nous, ses défenseurs ? Quelle chance nous attend ? Mais très probablement le commandement du régiment, que je détiens désormais à titre provisoire, deviendra effectif si le dieu des batailles décide de tourner vers nous son visage bienveillant.

Cependant, ce n'est pas le moment d'y penser, mais de sauver l'Allemagne. Honneurs, récompenses, le temps aura après son arrivée.

Comme je le disais, nous avons fait un effort désespéré. Ce n'est pas compris ! Privés de ravitaillement, enfermés dans un cercle de feu et d'acier, où trouvent-ils le courage, les munitions, le ravitaillement pour continuer à résister ? Il doit nécessairement y avoir un général devant nous qui ne nuira pas à notre armée. Je ne trouve pas d'autre explication. Les Américains ne sont pas des soldats, comme nous, ce sont des gens recrutés à la hâte dans un pays qui manque d'histoire de guerre et d'un état-major condensé par près d'un siècle de science militaire.

De toute façon, ce n'est pas mon truc. J'ai mon but, qui est là, en face, dans cette ville, juste une ville, qui restera sûrement dans les annales de l'Histoire. A Bastogne.

Notre objectif principal est un groupe de fermes bien fortifié et cimenté, dans lequel les parachutistes américains résistent, selon ce que nous disent les prisonniers.

Ils ont déployé trois chars lourdement blindés, et ce sont eux qui répondent à nos tirs lorsque nous parvenons à couper leurs lignes avancées, constitués de groupes de tireurs avec des « bazookas » et deux antichars.

J'ordonne à deux de nos « Tigres » de tirer sans cesse sur les chars américains, alors que la vraie attaque vient de la gauche, avec mon « Kind » en tête. Mon fidèle "Tigre" que j'aime tant.

Trois autres chars me suivent, et derrière, entre nous, se déplaçant en zigzags rapides pour se mettre à couvert, les grenadiers avancent, leurs sacs bien chargés de bombes à main.

On sépare les troncs des arbres abattus, on écrase les chevaux phrygiens, on roule sur les poteaux de ciment enfoncés profondément dans le sol, et on contourne les fossés antichars dans lesquels si nous tombions nous serions aussi inutiles que des scarabées sur le dos , et enfin nous avons devant nous. voir la cible. Miraculeusement, ces fermes ont conservé leurs toits d'ardoises, leurs murs de pierre grise.

Pas pour longtemps, cependant. Alors que les deux « Tigres » poursuivent leur duel avec les chars américains, nous commençons le bombardement, et les fantassins se dispersent pour couper leur ravitaillement par derrière.

Je pense que nous allons l'obtenir, nous sommes sur le point de l'obtenir. Hourra!

Nous y sommes parvenus !

Les chars américains ne peuvent pas se déplacer, bien qu'ils puissent tirer. Ce sont, en réalité, une cuirasse avec un canon. Ils n'ont plus rien en vue.

Les grenadiers ont engagé les groupes de résistance américains derrière la ferme. Il s'agit de ma première opération en tant que commandant de régiment et j'ai des raisons d'en être fier à juste titre.

Il y a cinq bâtiments de ferme. Dès la première salve, nous avons réussi à dévaster l'un d'eux. Le toit explose, ses défenseurs se précipitent en hurlant. A travers la visière j'observe comment les vêtements de l'un d'eux brûlent, et comment il se roule par terre pour éteindre le feu qui le brûle.

Ils ont dû remarquer notre manœuvre, car l'un des chars tourne vers nous la longue antenne de son canon et nous envoie un salut. Heureusement il n'a pas eu le temps de viser et sa grenade passe au dessus de ma tour.

A ce moment, le feu de nos deux "Tigres" détruit l'un des chars américains. L'autre, incapable de bouger, se défend désespérément, mais son feu ne peut pas contre les jets convergents des nôtres. Il éclate en nuages noirs d'encre, vous engloutissant en un instant.

Je donne l'ordre d'attaquer. Trop tard, je remarque que nos grenadiers reculent, éclaboussant les chaumes humides de gris verdâtre. Quelque chose a dû les arrêter et les forcer à battre en retraite plus tard.

Mais, de là où je suis, je peux leur être de peu d'aide. Donc vas-y!

Nous avons atteint les clôtures en pierre qui bordent les bâtiments, et nous avons réussi à en abattre deux, les réduisant presque aux murs. C'est alors que je réalise ce qui empêchait le passage de nos braves enfants.

Un groupe d'assaut américain, des soldats vêtus de kaki, avec de longues capes, des casques ronds sur la tête, et lourdement armés sont dépêchés à leur guise. Protégé par une barrière constituée de sacs de sable, de blocs de ciment et de poutres d'acier entrecroisées.

Si nous avions eu l'aviation, cela ne serait pas arrivé. Elle nous avait prévenus à temps de la présence de cet obstacle derrière la ferme.

Bien sûr, heureusement, ils n'ont pas non plus l'aide d'avions. Je ne voudrais pas voir leurs bombardiers-torpilleurs tomber sur moi, hurlant glacialement l'air déplacé et m'asperger de torpilles de dix pouces.

Les défenseurs de la ferme reculent en désordre, abandonnant leur équipement, et l'objectif reste en notre pouvoir. Au moins momentanément, puisqu'entre les défenses d'où nos fantassins reculaient, apparaissent les bouches de deux canons antichars, qui se mettent à tirer presque immédiatement.

J'ordonne aux chars de s'en éloigner le plus possible, en s'interposant entre eux et ces bouches qui mitraillent les murs de la ferme, et je signale la situation au quartier général de la division.

L'ordre est : y résister à tout prix. Consolidez vos positions et... résistez.

A quoi je me prépare. Mes chars répondent aux tirs antichars en n'avançant que des canons au-dessus des murs à moitié en ruine de la ferme, et dirigés par les observateurs d'infanterie. Brave feldwebel, muni d'une radio portative, il guide les coups, et nous avons la satisfaction de voir ses défenses diminuer peu à peu.

Je dois arrêter d'écrire. J'ai reçu l'ordre de me présenter au quartier général dès que possible, trois kilomètres en arrière. Je donne les instructions appropriées au commandant Jung, sors du char et monte dans une petite voiture équipée de chaînes qui est utile pour des cas comme celui-ci.

21 décembre. Plus tard.

Le commandement de la division m'a fait l'honneur d'appeler mon modeste exploit un "but conquis", et ils mettent en place une ligne de ravitaillement jusqu'à la ferme. Cela me remplit de fierté car, bien que j'aie accompli peu, peu comme cela peut être une grande victoire militaire. Je suis un grain de sable, mais beaucoup de grains font une montagne.

Mais hélas! J'ai aussi entendu d'autres nouvelles, beaucoup moins agréables. Nos météorologues nous disent que l'amélioration du temps avance rapidement et que peut-être demain nous serons aux limites de l'anticyclone.

Nous savons tous ce que cela signifie. Les avions alliés pourront ravitailler Bastogne, et leurs formations se précipiteront sur nous pour nous couler sous terre avec des milliers de tonnes de bombes.

Le général nous le communique calmement, sans qu'un seul trait de son visage ne s'altère. Un tel patron communique du courage et de la foi à ses hommes, mais ne les empêche pas de réfléchir. Et je pense que si le temps s'éclaircit, comme il prévoit tout, notre attaque va tourner au désastre.

Mais les mauvaises nouvelles ne s'arrêtent pas là. Les Américains, du Sud, du Luxembourg et de France, commencent à se presser sur le flanc gauche de notre fer de lance. Dans le même temps, du Nord, les Anglais mordent le flanc droit. Si les troupes de ce vieux renard de Montgomery, le seul homme devant lequel le maréchal Rommel a dû baisser la tête, et les Américains du général de cavalerie Patton s'unissent, ils nous auront enfermés, comme nous avons enfermé Bastogne.

Après la conférence, je dois retourner à mon poste de combat. Si Dieu le veut, nous pouvons finalement briser l'épine dorsale de cette ville qui nous a fait tant de dégâts.

Le lieutenant-colonel Ulrich Tagger, du 2e régiment, 2e division de la 5e armée "Panzer" de la Reichwehr, est mort le 21 décembre 1944, héroïque en défendant un objectif assigné par le commandement. Il a été honoré à titre posthume de la Grande Croix de Fer de première classe. Le soussigné témoigne ainsi dans le même journal dans lequel le grand soldat a consigné ses impressions.

Repose en paix.

Signé:

Hauptmann Gottfried Jung.

DEUXIÈME PARTIE

A Clervaux, on lui a donné un uniforme américain, de soldat, puisque de cette façon, lui ont-ils dit, il pouvait passer plus inaperçu que s'il utilisait celui d'officier, et de faux papiers, quoique aussi parfaits que possible.

Dans une salle pleine de cartes, un colonel indiquait point par point leurs objectifs avec un pointeur.

"Il faut mémoriser les lieux exacts, pour y aller sans hésiter" expliqua-t-il. Ils doivent arriver aux sites désignés exactement à la même heure, même s'ils emprunteront des chemins différents. Nous leur accordons un délai qui leur sera suffisant.

Il s'arrêta.

« En arrivant sur place et il est temps, ceux qui auront réussi à traverser les lignes ennemies effectueront le travail sans attendre les retardataires. Ceux qui n'auront pas réussi alors, ce sera parce qu'ils sont morts ou qu'ils ont été faits prisonniers. J'espère que vous avez tous bien compris les instructions.

Il y a eu un assentiment général. La plupart étaient des officiers, mais il y avait cinq ou six soldats, choisis pour leur parfaite connaissance de l'anglais, ce qui allait leur être absolument nécessaire.

Dieter Hagen les regarda. Il vit la même expression déterminée et obstinée sur tous les visages.

Combien d'entre eux reviendront ? Il pensait. Mais c'était quelque chose qui ne le préoccupait pas beaucoup à l'époque.

Il s'est habillé en uniforme dans une pièce, avec les hommes qui composaient le groupe dans lequel il devait se produire. Son objectif était Givet, à la jonction de la route de Namur à Reims avec celle de Wellin à Phillippeville, où les deux se rejoignent sur la Meuse. Les ponts ont dû sauter à l'aube du 21.

Les charges en plastique et leurs détonateurs leur ont été remis.

« Si vous êtes fait prisonnier, essayez de faire voler ces charges, même si vous devez voler avec elles », leur dit froidement le colonel instructeur. Nous ne voudrions pas qu'ils tombent entre les mains de l'ennemi. Nous ne savons toujours pas s'ils connaissent sa composition chimique ou non, mais, dans le doute, nous préférons qu'ils ne prennent aucun d'entre nous.

Ils hochèrent la tête.

Ils se sont ensuite rendus en voiture à un aérodrome à un endroit que Hagen n'a pas pu localiser. Il ne pleuvait ni ne neigeait, mais les nuages étaient très bas et le froid était intense.

On leur a remis les parachutes et un sergent de vol leur a appris comment les enfiler, comment sauter lorsque le pilote leur a donné le signal, comment tomber pour faire le moins de dégâts possible en atteignant le sol, comment se débarrasser du parachute , le pliant et l'enterrant dans le sol.

Le colonel leur a donné les dernières instructions alors qu'ils étaient déjà à l'intérieur de l'appareil.

« Vous serez libéré à dix minutes d'intervalle dans une zone qui s'étend en triangle entre Givet, Beauraing et Fumay. Cette zone est occupée par les Américains. Vous vous mêlerez le moins possible à eux et, si vous rencontrez des patrouilles, je laisserai à votre intelligence et à votre improvisation le soin de vous écarter. Une chose que je dois vous prévenir : les Américains savent que nous avons infiltré des gens derrière leurs lignes, puisque ce n'est pas la première fois que nous le faisons. Dans l'impossibilité de nous découvrir, lorsqu'ils ont un soupçon, ils posent des questions auxquelles un Allemand a bien du mal à répondre. Ce sont des questions sur des détails auxquelles seul un Américain ou un homme ayant vécu en Amérique depuis longtemps peut répondre.

Hagen hocha la tête. C'était la réponse logique. Il est très difficile pour un Allemand ou quelqu'un qui n'a pas vécu "à l'intérieur" de la vie américaine de savoir qui est le mari d'une star de cinéma peu connue à l'étranger, ou de quelle couleur sont peintes les boîtes aux lettres de New York.

Puis le colonel leur serra la main.

"Bonne chance," ordonna-t-il, plus qu'il ne dit.

Et c'est sorti. L'hélice du petit avion roulait depuis longtemps, pour garder le moteur au chaud. Maintenant, il a commencé à tourner vertigineusement. Un instant plus tard, ils prirent la fuite.

Dans l'avion se trouvaient sept hommes en plus du pilote et d'un caporal de vol.

Hagen les regarda. Il y avait un lieutenant-colonel du génie qui commandait le groupe, et d'autres dont il ne se souvenait pas des grades.

Un instant, à la vue des traits tendus du lieutenant-colonel, il se dit qu'il devrait lui taper sur l'épaule et lui dire : « Camarade, laisse-moi le commandement. Vous devez vous détendre, car sinon vous ferez n'importe quoi de stupide. "

Mais il était dans l'armée et cela aurait pu lui coûter un fusil. Il regarda droit devant lui et se détendit.

L'avion plongeait dans les nuages. Un silence pesant, troublé seulement par le rugissement du moteur, s'étendait à l'intérieur. Personne ne parlait. Seul le caporal se penchait de temps en temps vers le pilote pour dire quelque chose à voix basse.

Au bout d'un quart d'heure, le caporal se tourna vers eux :

"Prêt. Le premier doit être jeté dans les trois minutes.

Le premier s'approcha de l'écoutille. La main du caporal était sur le levier.

— Quand j'en compte trois, monsieur, dit le caporal.

Les minutes passèrent. Ils étaient tous penchés en avant, comme s'ils respiraient mieux ainsi. Seul Hagen se pencha en arrière, la tête appuyée sur la paroi de l'avion.

Soudain, la voix du caporal brisa le silence.

"Un deux trois!...

Il ouvrit la porte d'un coup sec et l'autre sauta. Le caporal se tourna vers le second :

"Vous monsieur.

La même opération. Hagen était le quatrième. Quand ce fut son tour, elle se précipita, les pieds joints, et compta rapidement jusqu'à trois. Ils avaient déjà été prévenus que l'avion volerait bas, même si cela impliquait beaucoup d'exposition.

Puis il tira sur l'anneau du parachute et l'énorme champignon de soie noire s'ouvrit au-dessus de lui d'un coup sec.

Dans l'air glacial, il descendit lentement, ne voyant rien. La première nouvelle qu'il approchait de la terre fut le murmure du vent dans la cime des arbres,

Il rapprocha ses pieds et tomba sur son épaule droite. Il roula sur le sol et se leva, tirant vers lui les rubans du parachute, puis s'arrêta pour s'échapper.

A part le murmure lointain de l'avant, je n'ai rien entendu.

Il ôta le parachute, le replia sans mouvements inutiles, mais ne put l'enterrer. Le sol était dur et aurait eu besoin d'une pelle. Heureusement, il y avait plein de feuilles sèches, déjà à moitié pourries par la pluie.

Il le cacha sous un tas de feuilles et sortit la boussole phosphorescente de sa poche. Si les calculs n'avaient pas échoué, il devait être à moins de huit milles de Givet. Il pourrait les couvrir avant l'aube. Puis il avait encore toute la journée, jusqu'au lendemain matin, où il dut rejoindre les autres.

Je n'entendais rien. Jetant un coup d'œil à la boussole et à la montre de temps en temps, il se mit en route. L'endroit était parfaitement bien choisi. Il n'y avait pas de route, à l'exception de quelques routes entre le site de lancement et Givet. Comme la ligne de front était à près de vingt milles, il avait de bonnes chances de ne pas rencontrer de colonnes de soldats, de bivouacs ou de convois de ravitaillement, du moins pour ce qui restait de l'obscurité.

L'endroit où il est tombé était une forêt d'arbres éloignés les uns des autres. Cependant, il sourit à l'idée qu'il aurait pu devenir accro à l'un d'eux et continua ainsi jusqu'à ce qu'une patrouille ou un paysan le découvre.

Il marchait depuis une heure quand, tout à coup, il entendit du bruit devant lui.

Il tomba au sol et resta immobile, écoutant. Un instant plus tard, il aperçut une faible lumière, peut-être une lampe de poche, à une cinquantaine de mètres. Les voix de plusieurs hommes parvinrent à ses oreilles, mais il ne put distinguer les mots.

Ils s'approchèrent. Il prit le pistolet dans sa main droite et serra fermement la crosse. Son pouls était régulier, malgré le fait qu'il avait à peine dormi pendant plusieurs nuits.

Vingt-cinq mètres, peut-être. Maintenant, il distinguait les mots

"... Et je lui ai dit : écoute, ma fille, si tu me laisses mettre ma main dans ton chemisier, je te dirai si c'est faux ou pas, alors tu n'auras pas besoin de jurer, ce qui est très laid chose.

C'étaient des Américains. S'ils le découvraient, il serait inutile de leur dire qu'il l'était aussi. Il n'avait aucune raison d'être là, et le moins qui puisse lui arriver était d'être amené devant ses patrons. Il n'était pas à la hauteur, avec ses charges en plastique dans le sac.

Il leva son pistolet, prêt à tirer.

Elle entendit le bruit des feuilles gelées qui grinçaient au passage des hommes. Puis la lampe de poche s'est rallumée.

"C'est par ici, Chuck," dit une autre voix.

« Non, plus à gauche.

« Écoutez, ne nous perdez plus de temps. Je te dis que c'est par ici, et j'ai un gallon sur ma manche, et tu n'en as pas.

« Eh bien, si vous abusez de votre autorité...

Il y avait des rires réprimés. Ils étaient presque sur lui maintenant. Il entendit le bruit de leurs respirations et le choc du métal sur le métal.

Puis ils passèrent. Leurs voix se perdaient au loin.

"... oui, mais pourquoi ne devines-tu pas ce que le petit renard m'a répondu ? Il m'a dit...

Hagen attendit encore près de cinq minutes. Puis il se leva et continua son chemin, trébuchant sur les racines qui dépassaient du sol et sur les pierres.

C'était l'aube quand il atteignit la route. Il avait décidé de le faire car il serait beaucoup plus facile de trouver une explication à la présence d'un soldat seul sur une route que sur le terrain.

Il passa devant une ferme détruite alors que la première lueur d'une aube plombée commençait à projeter les ténèbres de la campagne. Un chien aboya furieusement, mais ce fut le seul signe de vie qu'il trouva.

Puis ses pieds sont entrés en contact avec l'asphalte craquelé par le passage de poids lourds et de chars.

Le tonnerre des canons de gros calibre derrière lui lui fit réaliser qu'il était dans la bonne direction. A commencé à marcher.

Il n'était pas fatigué. Bien que la majeure partie de la guerre se soit déroulée dans un char, avant le début des hostilités, il avait été un excellent alpiniste. La seule chose qui le dérangeait était les heures excessives sans sommeil, mais c'est quelque chose auquel tôt ou tard tous les combattants s'habituent.

Il aurait parcouru un kilomètre lorsqu'il a entendu le bruit d'un moteur derrière lui. Il a écouté attentivement. Seulement un.

Il se tenait près du fossé, à côté des ormes qui bordent souvent les routes françaises, et attendit.

Une jeep passait à toute vitesse, sautant par-dessus des nids-de-poule. Hagen leva le bras et le chauffeur ralentit à ses côtés. C'était un petit soldat, sombre et nerveux.

"Qu'est-ce qui ne va pas?" Il a demandé. Puis il parut indécis. " Que fais-tu ici?

"Je vais à Givet", a déclaré Hagen, "Je suppose que les ressorts de la voiture ne se briseront pas si vous me laissez monter dessus."

— Eh bien, bien sûr que non, mais qu'est-ce que tu fais ici ? De quelle unité ?

« Du cinquième, bien sûr. Écoute, si tu ne me prends pas comme passager, tu ferais mieux de le dire. Je dois aller à Givet si je veux pas avoir des ennuis c'est les députés

« Quelle unité avez-vous dit ?

« Le cinquième, es-tu sourd ?

« -Non, mais, le cinquième, de quoi ? Eh bien, montez. Je suis pressé aussi.

Il démarra la jeep, tandis que Hagen le rejoignit.

«Ne pensez pas que je suis habituellement un tel questionneur, mais on nous a dit que nous devions faire attention. Les députés sont très spéciaux. Ils se comportent comme si nous leur appartenions par droit de conquête. "Fais ceci, ne fais pas l'autre, boucle cette ceinture, elle n'est pas dans ta cuisine." Un gâchis.

« Est-ce que vous me dites ? » Hagen grogna.

"D'où viens-tu?

"Frisco.

« Bonne terre, mais mauvaise ville. Hé, ne sois pas en colère, mais donne-moi Toledo, Ohio.

"Eh bien, donne-le-toi.

Hagen regardait les bords de la route. Le chauffeur se mit à siffler entre ses dents. Puis soudain il dit :

"Avez vous une cigarette?

« J'allais vous demander précisément à ce moment-là. Je suis épuisé », a immédiatement répondu Dieter.

"Salope porte-bonheur. Les derniers que j'ai eus, je les ai échangés contre quelques câlins à une femme belge qui sentait les vaches. Hé, regarde ce que je dis : ça sentait exactement les vaches de l'Ohio. N'est-ce pas une coïncidence ?

« On dirait que c'est le cas.

Hagen sortit sa main de sa poche, armée du pistolet, et la mit à côté du soldat. Il pâlit et le regarda avec des yeux fous.

"Mais quoi,..!

"Frein.

"Tu es devenu fou, ..!

"Frein.

Le soldat s'est arrêté quand il a vu les yeux de Hagen.

"Descendre.

"Mais...

Hagen l'a frappé à la tête avec la crosse. Il ne voulait pas le frapper trop fort ; mais le fait est que le soldat est tombé de côté, la tête sur le côté du véhicule.

Quand Hagen se pencha sur lui, il vit qu'il était mort. Il s'était cassé le crâne.

"Pas de chance," dit-il doucement.

Il a retiré la documentation et a traîné le corps hors de vue de la route. Il ne faudrait peut-être pas longtemps pour le découvrir, mais d'ici là, il pourrait être loin.

Le portefeuille du mort a été conservé. Un rapide coup d'œil aux papiers lui apprit qu'il était devenu le soldat de deuxième classe James Collins du X Signal Battalion.

Il enleva l'insigne qu'il portait au bas de son épaulette, deux rayons croisés, et le mit sur lui. S'il ne rencontrait pas certains des camarades de Collins, cela pourrait faire l'affaire.

Il aurait roulé encore deux kilomètres lorsqu'il a dépassé le premier convoi. La première nouvelle qu'il a eue était celle de deux motocyclistes portant des brassards avec les initiales MP sur leurs manches.

Ils lui firent un geste impérieux de se coucher. Il obéit et l'un des policiers mit pied à terre. Il portait une mitraillette suspendue à sa bandoulière.

« Reste là, mon garçon. Les choses viennent derrière. Papiers?

Hagen les a sortis et les a remis. L'homme leur jeta un coup d'œil, puis leva les yeux.

« Qu'est-ce que tu fais ici ? À qui as-tu volé cette « jeep » ?

Hagen se tendit, mais sa connaissance des Américains n'avait pas exactement été apprise dans les livres. C'était la façon dont le policier s'adressait à n'importe qui, suspect ou non.

"Je viens de le voler", a-t-il déclaré. Eh bien, quand puis-je passer ? Ils m'attendent à Ten.

« Ils devront gagner la guerre sans vous. Attends ici. Ne bougez pas, car l'une des choses qui y arrivent pourrait vous laisser collé à la route comme une bande de papier.

Ils montèrent sur les motos et continuèrent leur chemin.

Hagen attendit. Quelques minutes plus tard, il entendit le rugissement.

La terre trembla et les fils télégraphiques résonnèrent comme des cordes de violon. Des chars lourds approchaient.

Ils étaient là. Ils ont contourné la courbe à quarante milles à l'heure, collés l'un à l'autre, avec un écart si petit que si l'un d'eux freinait brusquement, ils piqueraient par derrière. C'étaient des chars lourds, et leurs serviteurs avaient la tête qui dépassait de l'écoutille de la tour.

Ils lui jetèrent un coup d'œil alors qu'il passait et l'un d'eux fit un signe de la main.

Hagen en compta vingt. Derrière eux, des camions chargés de troupes, recouverts d'épaisses bâches, sur le toit des baquets desquels était montée une mitrailleuse antiaérienne. Soixante-dix d'entre eux sont passés.

Derrière le convoi est venu une autre paire de policiers militaires. Il a dû montrer les documents à un caporal, et il lui a dit qu'il pouvait passer.

Il est arrivé à Givet à dix heures du matin, après avoir rencontré un autre convoi sur son chemin, celui-ci uniquement de camions. Avant d'atteindre les premières maisons, il a été arrêté par un autre député au poste de contrôle.

"Utilisez la route principale jusqu'au premier signe" était l'ordre que vous avez reçu. " Ensuite, tournez à gauche. Avez-vous été en première ligne ?

Hagen secoua la tête.

"Bien, allez-y. S'il y a un convoi, sortez par la première rue. Ne vous arrêtez pas à l'intersection de la "rue" Chanzy. Il y a certains types pour lesquels les panneaux ne semblent pas avoir été peints.

A l'entrée de la ville, il vit les premiers uniformes français. Givet est la dernière ville avant la frontière. La "rue" Chanzy est la route de Dinant, et à sa jonction avec celle où il est entré, il y avait aussi des policiers.

Il a dû quitter la jeep. Certains collègues de Collins pourraient le reconnaître, et d'ailleurs, un soldat ambulant pourrait être moins attentif qu'un véhicule.

Les rues étaient bondées de soldats et de civils. Il a laissé le véhicule un peu avant le Café del Comercio. Il y avait tellement de véhicules là-bas que le sien n'attirait pas l'attention.

Givet possède deux ponts sur la Mesa. L'un d'eux se trouve sur la "rue" Oger, prolongement de la route par laquelle il était venu. L'autre, un peu au nord, traversée par un embranchement de chemin de fer, tracée pour couper la courbe de la ligne générale de Rochefort à Philippeville.

Il marcha jusqu'à ce qu'il atteigne la rivière et traversa la Plaza de la República. Des groupes de soldats américains et français, enveloppés dans leurs manteaux, se sont précipités à travers. Les ormes tendaient vers le ciel leurs branches qui s'écaillent.

Il traversa la place et jeta un coup d'œil à la rivière qui coulait lentement sur sa droite. Il s'appuya contre le parapet et regarda les fondations.

Les yeux de Hagen se plissèrent. Le commandement qui avait ordonné l'explosion du pont devait savoir que c'était une tâche presque impossible.

Il aurait fallu une équipe de démolition et du temps, surtout du temps, et de la sécurité pour faire le travail. Comment le faire en quelques minutes, et au cœur d'une ville pleine de soldats ?

Il jura dans sa barbe. Il se détacha de la balustrade et continua le long de la berge de la Meuse pour rejoindre l'autre pont, au quai Dervaux. Le pont ferroviaire était moins difficile car il était en métal; mais la question du manque de tranquillité restait en suspens. L'autoroute de Dinant passait à côté de lui, et cette autoroute était continuellement parcourue par des camions et des véhicules de l'armée américaine. De toute façon, tout cela devrait être résolu par l'officier mécanicien, qui était le spécialiste.

Il jura dans sa barbe. J'avais terriblement faim. Il n'avait rien mangé depuis plus de douze heures.

En face de lui se trouvait le café Mallet, de l'autre côté de la jetée. Il se dirigea vers lui et entra. Là, au moins, il faisait chaud.

« Qu'est-ce que ça va être, Joe ? Demanda le serveur. C'était un vieil homme au crâne chauve, essayant de couvrir sa calvitie avec cinq cheveux disposés en demi-cercle.

Hagen vit qu'il y avait des scones sur le comptoir. Il commanda du café et plusieurs d'entre eux. Pendant qu'ils étaient servis, il regarda la caissière. C'était une femme d'environ trente-cinq ans, belle, aux yeux noirs et à la bouche sensuelle.

Au deuxième regard qu'il lui lança, les cils de la femme battirent.

« Il fait très froid, n'est-ce pas ? demanda-t-il d'une voix douce.

"Beaucoup, Madame," répondit Hagen en français, avec un fort accent américain. " Le café est apprécié.

« Monsieur ne connaissait pas cet endroit ?

« Oh oui, je suis venu une fois, mais Madame n'était pas là.

La femme prenait le crochet. Hagen avait retiré son casque, et plus que jamais il était content de n'avoir jamais suivi la mode allemande de se raser les cheveux sur les côtés de la tête et à la nuque. Cela l'aurait révélé instantanément aux yeux français.

Le caissier regardait maintenant sa tête. Puis il regardait ses mains. Hagen savait par cœur ce que les femmes voyaient avant et après en lui ; Puis, enfin, elle le regarderait à nouveau dans les yeux. Elle l'a fait rapidement.

« Voudriez-vous prendre un verre avec moi, Madame ? Il a demandé. Ils lui avaient remis des billets américains, un dollar et cinq dollars, probablement contrefaits, lors de la livraison des vêtements.

« Je prendrai volontiers une crème de menthe.

Il se servit et se pencha sur le comptoir en face de Hagen. Il la regarda dans les yeux puis son sein. Elle fit un geste pour mieux le couvrir, mais laissa le geste à mi-chemin.

« D'où venez-vous, monsieur ?

De Tolède, Ohio. Mais cela n'a pas d'importance, n'est-ce pas ?

"Non, ça n'a pas d'importance", a-t-elle reconnu en souriant.

Un policier militaire, avec sa matraque et son brassard, est apparu à la porte.

« Hé mon garçon, les documents.

Hagen les lui tendit, le policier les regarda, regarda la propriétaire, lui fit un clin d'œil et dit :

« Si vous faites des histoires ou que vous vous saoulez, appelez-nous, Madame. Nous nous en débarrasserons avec plaisir.

Il est parti. Hagen fit un geste.

« Ces damnés ne nous laisseront pas seuls un instant. Pas même quand nous prenons un verre tranquillement.

Elle lui versa un verre de cognac.

"C'est sur la maison," dit-il. C'est vrai. Dès qu'un couple de garçons est entré dans le café, un de ces gars odieux se présente. Et c'est pire. Il me fait la cour et ne veut pas de concurrence.

Il se pencha vers Hagen, lui offrant une plus grande portion de décolleté.

« Mais pour les bons clients, j'ai un endroit tranquille derrière moi.

"Je crains d'en avoir besoin", a déclaré Dieter en tendant la main et en le plaçant sur le bras de Madame. Rien de mieux que cela pour lui à l'heure actuelle. Un endroit calme où vous pourrez passer les heures qui vous restent, jusqu'à l'arrivée de l'heure fixée. A ce moment, quelqu'un entra dans le café, Hagen se tourna vers le nouveau venu.

Il est allé au comptoir. C'était un soldat américain, mais seulement en uniforme.

Il était en fait le lieutenant-colonel du génie, l'homme qui commandait le groupe de Dieter.

Leurs regards se croisèrent une seconde seulement. Puis ils tournèrent tous les deux la tête, indifféremment.

« Un cognac » demanda le nouveau venu en français, avec un fort accent américain.

"Allez, je vais vous montrer", dit le propriétaire.

« Votre mari n'est pas ici ? demanda doucement Hagen.

Elle rit, mais sans répondre, A ce moment, le même député qui était entré plus tôt, sortit la tête.

"Allez, mon garçon, document," ordonna-t-il.

L'Allemand inspira profondément. Il a sorti le portefeuille avec la documentation qui leur avait été fournie et l'a remis au policier. Il l'a regardé, l'a tourné plusieurs fois entre ses doigts, et quand l'Allemand a tendu la main pour qu'on le lui rende, il l'a mis hors de sa portée.

« Ce n'est pas dans l'ordre. Allez, viens avec moi et ne pense pas à faire des bêtises.

L'Allemand ne regarda même pas Hagen. Appuyé contre le comptoir, il regardait la scène, apparemment indifférent, mais serré comme une corde de guitare, en fait.

"Mais, regarde, agent..." commença l'Allemand.

« J'ai dit viens. Mais si tu veux que je te pose la question différemment... » Il leva le bâton en l'air.

Hagen savait bien qu'il ne devait pas intervenir. S'ils attrapaient cet homme de leur groupe, l'explosion pourrait encore être effectuée, quoique avec beaucoup de difficulté; mais s'ils les attrapaient tous les deux, cela deviendrait beaucoup plus difficile.

"Il va y avoir du désordre", a déclaré le propriétaire du café. " Viens avec moi.

L'Allemand mit sa main dans sa poche. C'était un geste rapide, mais le député était plus rapide que lui. Il laissa tomber la matraque dure et malveillante sur son bras, et l'autre haleta de douleur.

« À quoi résistes-tu, hein ? Maintenant, tu verras, cochon.

Hagen s'est préparé au pire. Si le lieutenant-colonel parvenait à récupérer ses explosifs, le café sauterait, et lui aussi. Il se demanda froidement s'il pouvait tirer à mort sur le policier, et il s'écarta légèrement du comptoir. Il n'avait aucune envie de finir volatilisé.

Mais le policier était entraîné à combattre des soldats qui lui résistaient parfois, surtout s'ils étaient ivres.

Il frappa à nouveau avec la matraque, cette fois sur la tête de l'Allemand, et l'Allemand chancela. Il essayait toujours de fouiller dans ses poches. Alors que le policier levait à nouveau la matraque, il a réussi à dégainer son pistolet et a tiré.

La balle n'a pas touché le policier, mais l'a rendu furieux. Plusieurs fois, ils lui avaient résisté, mais ils n'avaient jamais essayé de le tuer.

Il le frappa à nouveau, vicieusement, tandis qu'il portait le sifflet à sa bouche, et soufflait fort pour interpeller ses compagnons. L'Allemand tomba au sol, courbé, balançant les jambes.

Hagen se tourna vers le propriétaire.

"Allez," dit-il. Cela va devenir chaud et vous ne savez jamais ce qui va vous arriver. Ils parviennent toujours à nous trouver quelque chose pour nous enfermer.

Le policier avait attrapé l'Allemand et le traînait hors du café, continuant à le battre. Hagen se dit qu'il n'oublierait jamais ce visage, rouge, bestial, tandis que le bras bougeait comme un piston frappant le corps déjà inerte.

Le propriétaire le conduisit à travers une arrière-salle pleine de tiroirs, de tonneaux et de bouteilles, jusqu'à une petite pièce à une extrémité de laquelle se trouvait une échelle qui menait au sommet.

Dans celui-ci était la maison. Une civière, un poêle ronronnant, bien bourré de charbon ; des chaises, des tableaux sur les murs et une fenêtre donnant sur la jetée et le pont de chemin de fer.

"Tu seras en sécurité ici, mon garçon," dit-elle. Attends un peu, maintenant je reviens.

Dehors, dans la rue, il y avait des sifflets et le rugissement des moteurs. De la fenêtre, Hagen a regardé le lieutenant-colonel être emmené dans une jeep de police.

Le propriétaire a mis près d'une heure pour revenir. Quand il l'a fait, il portait une bouteille de cognac et une autre de crème de menthe.

« Maintenant, nous pouvons prendre ce verre. Un bon émoi a été fait, mon Dieu. Ce pauvre garçon... La police est la même partout. D'abord ils frappent et ensuite ils demandent. Pour cela cela ne valait pas la peine qu'ils nous aient libérés. Les méthodes de la Gestapo n'étaient pas pires que ce que ce type a utilisé sur le pauvre soldat !

Il s'arrêta, regardant attentivement Hagen.

« Vous aviez les papiers en règle, n'est-ce pas ?

« Vous m'avez vu les donner au même policier qui a arrêté celui-là. De ce côté, vous n'avez pas à vous inquiéter.

Je suis contente. De toute façon, ils ne viendront pas te chercher ici.

Hagen tendit la main, prit la femme et l'attira à lui. Un instant plus tard, les lèvres juteuses et bien peintes du propriétaire étaient pressées contre les siennes. En l'embrassant, il se souvint vaguement d'Anne Wald, la « bourgmestre » de Pronsfield. Ana était un peu plus jeune que celle-ci, mais je n'aurais pas pu dire lequel des deux s'était le mieux embrassé.

A midi, il fallait qu'elle descende au café pour servir les apéritifs, car à ce moment-là tous les marins du quai se réunissaient au Mallet. Le café a gardé le nom de son propriétaire décédé à Arras lors de l'offensive allemande de 1940, laissant Bernice veuve.

Hagen alluma doucement la radio et écouta la station alliée qui diffusait le bulletin d'information. La défense de Bastogne se poursuit, soutenue maintenant que le temps s'améliore, par des vagues d'avions. Bastogne avait été ravitaillée par les airs pour la première fois depuis son encerclement. L'offensive allemande pouvait être interrompue. Les Russes continuaient d'avancer, en Italie ils avançaient aussi. Hagen était sur le point de fermer la radio lorsque son bras s'arrêta net. J'étais là. Plusieurs Allemands avaient été capturés qui avaient l'intention de commettre un sabotage dans l'arrière allié. L'un des prisonniers avait avoué. Ils étaient en mission pour assassiner le général Eisenhower à son quartier général. Grâce à ses déclarations, on espérait capturer ceux qui restaient.

Hagen ne fit aucun geste. Il ferma la radio et alluma une des cigarettes que Bernice lui avait laissées.

Il se demanda lequel des hommes qu'il voyait avec lui, dans cette chambre de Clervaux, était celui qui avait parlé. Le lieutenant-colonel, peut-être ? L'un des jeunes lieutenants, effrayé ou torturé par la police militaire américaine ?

Il jeta un coup d'œil à son sac sur le côté, qui gisait dans le coin de la pièce. Il y avait assez d'explosifs dedans pour faire sauter la maison, tout le pâté de maisons, mais pas pour aucun des ponts. Par contre, lui seul, que pouvait-il faire ?

Il sourit en coin. Peu, évidemment. Se faire tuer, peut-être, mais ça ne l'attirait pas beaucoup. Mourir en exécutant les ordres qui lui avaient été donnés était l'un des nombreux accidents auxquels un officier est exposé pendant la guerre. Mourir juste parce que, par un acte d'orgueil ou d'arrogance stupide, ne convenait pas à son caractère.

Eh bien, quoi que ce soit, c'était fini. Il prit l'emblème du corps des transmissions, ou de la division, du haut de sa manche, je l'ignore, car les emblèmes américains changeaient avec une fréquence stupide, et le jeta sur le poêle.

Maintenant, c'était un soldat qui pouvait appartenir à une division comme à une autre.

Il ne pouvait pas partir maintenant, car Bernice le verrait traverser le café et lui poser des questions. Elle avait été si satisfaite de son comportement qu'elle ne voulait pas le lâcher sans essayer de le retenir, ou elle ne connaissait pas les femmes. D'un autre côté, il n'était pas encore très pressé.

Elle est arrivée à deux heures et demie. Elle le serra dans ses bras et l'embrassa, l'appelant son « petit cochon américain », et il lui rendit son baiser avec une certaine froideur.

"Je dois y aller," dit-il.

« A bientôt, « chéri » ?

« Bien sûr. Vous ne penseriez pas que j'allais rester ici pour attendre la fin de la guerre, n'est-ce pas ?

« Chéri » ne serait pas une mauvaise idée. Le café a besoin du bras d'un homme, d'un homme comme toi. C'est une bonne affaire, mais vous avez besoin d'un patron.

« Mais le général Eisenhower a aussi besoin de mon bras, alors nous n'allons plus nous disputer.

Mais reviendras-tu ?

« Ah, oui, bien sûr. S'ils ne m'emmènent pas ailleurs, tu m'auras ici demain pour l'apéro.

"Puis,..

Elle l'embrassa à nouveau, laissant une tache cramoisie sur ses lèvres, qu'il essuya ensuite soigneusement.

Il était enfin libéré de cette pieuvre. Il attrapa son sac de camping et descendit. Il y avait encore plusieurs clients dans le café, pour la plupart français, qui le regardaient avec ressentiment. Ils savaient d'où cela venait Mais aucun d'eux n'a dit un mot.

Enfin, il se trouva dans la rue froide. Un soleil pâle, le soleil qui avait permis aux Alliés d'utiliser leurs avions à une centaine de kilomètres à l'est, à Bastogne, brillait dans le ciel gris.

Il n'hésita pas un seul instant. Il ne pouvait pas se diriger vers l'est, même s'il s'agissait de la distance la plus courte des lignes allemandes. Il a dû faire un détour, peut-être rentrer au Luxembourg...

"Luxembourg".

Il était sur le point de rire. Il y avait quelqu'un qui pouvait l'aider. Il était en danger, bien sûr, mais pas moins que s'il y était détenu et lié aux saboteurs. Ils ne lui pardonneraient pas, bien sûr. Cet idiot qui avait dit qu'une de ses missions était d'assassiner le général en chef de l'armée alliée les avait condamnés à mort s'ils étaient pris ; de cela il n'avait aucun doute. Au fait, d'où cela viendrait-il ? Ou n'était-ce qu'un des nombreux mensonges utilisés par les Alliés dans leurs services de propagande ? De toute façon, il n'avait aucune envie de le découvrir maintenant.

Les rues étaient encore pleines de soldats. Il n'a pas attiré l'attention ; Mais il ne voulait pas non plus qu'un policier militaire le voit passer plusieurs fois devant lui et reconnaisse son visage. Les soldats vagabonds, sans être une pièce rare à l'arrière, ne méritaient pas l'agrément des gendarmes militaires.

En bas de la "rue" de Notre-Dame, il descendit rapidement jusqu'à ce qu'il trouve un croisement pour Oger, la route par laquelle il était venu. Il marchait le long du trottoir, sous la protection de l'avant-toit en surplomb, d'un pas vif, comme s'ils l'attendaient quelque part. Arrivé au canal, il laissa tomber le sac, après en avoir sorti tout ce qui n'était pas des explosifs. Le sac a immédiatement coulé. Si une pinasse lui tombait dessus, elle irait en enfer. Sinon, il resterait dans la boue au fond jusqu'à ce qu'il se désagrège.

La « jeep » de Collins était là où il l'avait laissée. Il est monté dessus et a vérifié le gaz. Le réservoir était presque plein.

"Bien," murmura-t-il. Maintenant ou jamais.

Il mit la jeep en marche et attendit. Il n'a pas eu à le faire longtemps. De l'intersection avec l'autoroute de Dinant arrive un convoi de camions, alignés. Ils étaient cinq, et ils étaient lourdement chargés, mais pas de troupes, car on ne voyait que des caisses à travers l'espace laissé libre par les bâches arrière.

Il se tenait à côté du dernier camion et le suivit docilement. En quittant la ville, le convoi s'est arrêté au poste de contrôle. Les députés ont regardé les papiers des chauffeurs et ont fait un signe du bras. Hagen les a suivis et personne ne lui a demandé.

Le convoi a continué le long de la route de second ordre, bordée de panneaux en anglais indiquant qu'il s'agissait de la route du Luxembourg, et dans de nombreux cas de panneaux mystérieux, qui, selon Hagen, correspondraient aux emplacements des différentes unités.

A quatre heures de l'après-midi, ils passaient par Wellin et à cinq heures par Libramont. A l'entrée de chacune de ces villes, il y avait des postes de contrôle militaires, mais tous les ont passés sans qu'aucun des officiers de la police militaire ne se demande si cette « jeep » figurait ou non sur les listes de véhicules que les chauffeurs ont présentées.

A Neufchateau, Hagen s'était déjà lié d'amitié avec l'un des chauffeurs, un Italien de Californie qui avait longtemps vécu à Frisco. Lorsque Dieter lui a dit qu'il voyageait avec eux parce que cela le rassure et qu'il allait au Luxembourg chercher son colonel pour le rencontrer, le Californien lui a dit qu'il pouvait partir avec eux, car heureusement le type qui commandait le convoi n'était pas un officier, mais un sergent, et que la plupart du temps il était ivre, bien que les yeux écarquillés et assis sur le seau.

Il l'invita à dîner et ils célébrèrent tous deux en riant que la cargaison que transportait le convoi était des baignoires pour les WAC des services auxiliaires féminins, qui ne faisaient pas confiance aux baignoires européennes, ou en général à tout ce qui avait vu la lumière de l'Europe.

A sept heures du matin, ils entrèrent au Luxembourg.

Il avait réussi. Au moins, il avait atteint la moitié de ses objectifs.

L'école était située rue Palatinat, dans un grand bâtiment en briques au toit d'ardoises, et la municipalité avait construit derrière elle, pour les enseignants, de petites maisons entourées de jardins minuscules.

Dieter Hagen a poussé son casque vers l'avant. Il se rendit dans l'une des petites maisons, ouvrit le portail, traversa le jardin. Il frappa à la porte.

Une voix endormie lui répondit au bout d'un moment, lui demandant ce qu'il voulait à cette heure. Dieter ne répondit pas, et enfin la porte s'ouvrit de quelques centimètres. Un visage rose, entouré de cheveux blonds, y apparaissait. D'un mouvement lent et délibéré, Dieter leva son casque pour qu'elle puisse voir ses traits.

Les yeux de la femme s'écarquillèrent puis sa bouche.

"Ne crie pas," ordonna Hagen, mettant son pied entre la porte- ". C'est moi, mais ne crie pas.

Il poussa légèrement et entra. Il s'appuya contre la porte en souriant. Mais... Dieter ! OMG!

Les yeux de la jeune femme regardèrent son uniforme. Lentement, il porta sa main à sa bouche.

« Dieter... » répéta-t-il d'une voix étouffée.

« J'ai besoin que tu restes quelques heures » dit l'Allemand en lui tendant la main « J'en ai besoin, Gerda. Je suppose que tu ne me laisseras pas tomber.

Gerda Rosenkrantz était l'une des enseignantes de l'école municipale de Luxembourg. Elle avait vingt-cinq ans et avait un corps qui aurait fait beaucoup plus d'argent dans n'importe quelle maison de couture. Cependant, comme elle l'avait assuré à plusieurs reprises à Dieter, tandis qu'il riait, elle avait un réel penchant pour l'enseignement. Elle voulait devenir professeur d'histoire de l'art, et elle a étudié pour cela tout en arrachant les toiles d'araignée du cerveau de petits fils sauvages de mineurs.

« Dieter... que faites-vous dans un uniforme américain ?

"Cachez-moi" répondit-il en souriant. Gerda, tu vas me garder ici longtemps ? Je n'ai rien mangé depuis plusieurs jours.

Il lui prit la main, l'attira contre lui et pressa sa bouche contre son oreille.

« Êtes-vous content de voir votre capitaine, Gerda ?

Il la prit dans ses bras et la retourna. Puis il le reposa.

« Vous avez quelque chose à manger ?

Elle s'écarta, le regardant, n'osant même pas croire ce qu'elle voyait. Pendant les cinq mois que Dieter avait passés à Luxembourg, avec sa division, ils avaient été amants. Certes, alors les Allemands occupaient le Principe, et les habitants de celui-ci, sans être franchement germanophiles, du moins ne s'y opposaient guère. Mais maintenant, ce sont les Américains qui occupent le Luxembourg.

Le regard de Dieter se durcit sensiblement.

« Vous pensez que cela représente un conflit pour vous, n'est-ce pas, Gerda ? C'est ce que tu penses en ce moment ?

« Non, non, Dieter ; je vous assure que non. Mais... c'était une telle surprise, de vous voir apparaître, tout à coup, et vêtu d'un uniforme américain...

« Je ne suis venu que parce qu'ici j'étais plus proche des lignes allemandes, sur lesquelles je veux revenir. J'ai été fait prisonnier et je me suis évadé. Mais si vous ne pouvez pas m'aider...

"Attends," supplia-t-elle, le regardant avec ses yeux bleus. " Attends, Dieter, c'était la surprise...

Soudain, elle tomba dans ses bras.

« Dieter, combien tu m'as manqué ! Vous ne pouvez pas deviner ce que j'ai pleuré en pensant où vous seriez pendant tout ce temps !

Il lui caressa les cheveux, réfléchissant rapidement. Il ne pouvait pas rester longtemps dans cette maison. D'autant plus, jusqu'à la nuit, que tôt ou tard sa présence serait découverte.

« À quelle heure dois-tu aller à l'école ? Il a demandé.

« L'école ne fonctionne pas. Les cours ne commenceront que le mois prochain... l'année prochaine, bien sûr.

— Mieux, Gerda, tout ce dont j'ai besoin, c'est de nourriture, si vous en avez, et de quelques informations.

- "J'ai à manger", répondit-elle. Oh, Dieter, te voir comme ça, comme ça, chassé... ! Pauvre Dieter !

Hagen sourit. Le corps de la fille était collé au sien. Leurs souffles se mêlaient. Il le repoussa et le regarda.

« Tu es toujours aussi belle, Gerda. Je suppose que les responsables américains vous l'ont dit à plusieurs reprises.

"Tais-toi. Je vais te préparer quelque chose à manger.

Il s'arrêta un instant.

« Vous prévoyez de partir, bien sûr. Comment vas-tu faire ?

« Je n'ai pas encore décidé, mais je vais trouver un moyen de le faire. Ne t'en fais pas.

« Peut-être que si je pouvais me procurer des vêtements civils...

"Non. C'est beaucoup plus sûr. Je dois y retourner, Gerda, et un civil ne pourrait pas s'approcher de la ligne de front. Ils l'arrêteraient tout de suite.

Elle alla dans la salle de bain, se peigna les cheveux et se lava le visage et les mains, tandis que Hagen la regardait, appuyé contre le chambranle de la porte, se demandant si elle n'avait pas été imprudente. Comment savait-il à quoi pensait la fille après dix mois d'absence ? Ses sentiments n'avaient-ils pas changé ? Après tout, il y avait eu quelques critiques de la part des autres professeurs quand ils l'avaient vue avec le beau capitaine de char de l'armée d'invasion.

Ensuite, Gerda a préparé un repas composé d'œufs, de bacon et de pommes de terre. Hagen s'assit à table et mangea avidement.

Quand il eut fini, elle lui tendit une cigarette américaine déjà allumée.

« Y a-t-il beaucoup de troupes ici ? demanda Hagen.

"Beaucoup" elle le regarda moche, presque sans cligner des yeux. Pour un autre homme, ce regard aurait été un peu agaçant. Il était habitué à ce que les femmes le regardent de cette façon.

« Américain, je suppose ? »

« Oui, et quelques Français, quoique peu nombreux. Mais...

« Y a-t-il des chars ?

« Nous en avons vu passer beaucoup, mais je ne sais pas s'ils seront en ville. Mais, Dieter, je ne peux pas vous donner d'informations. Vous êtes..., vous êtes de l'ennemi.

Hagen sourit en soufflant un panache de fumée vers le plafond.

« Je ne te demande pas de secrets militaires, Gerda. Juste des informations générales. J'ai besoin de savoir où je vais.

Elle s'appuya sur son épaule. À travers l'épaisse robe de chambre, la chaleur de son corps lui parvint. Il la serra très fort, avec son bras gauche.

« Je vais rester ici jusqu'à la nuit, si ça ne te dérange pas.

« Tu t'en fous de moi, Dieter ?

« J'ai besoin d'une salle de bain. Il me semble que je ne me suis pas baigné depuis... des siècles.

« Tu vas être fatigué, n'est-ce pas ?

Dieter ne l'était pas, mais il ne l'a pas sortie de son erreur. Une femme fait n'importe quoi pour un homme fatigué et affamé, surtout si cet homme a été pour elle ce que Hagen avait été pour Gerda. Il n'y avait aucun mal à supposer qu'il avait besoin d'elle.

"Personne ne saura que je suis ici", a-t-il déclaré. Je ne vais pas te compromettre. Je suppose que vous avez eu des difficultés avec la direction de l'école à cause de nous.

Elle secoua la tête.

« Certains, mais tout s'est passé rapidement. Les gens sont trop heureux parce qu'ils nous ont libérés pour penser à tout ça.

« Libéré de quoi ? Il a demandé.

"Eh bien... de toi.

« Bah, tu es aussi allemand que nous, même si tu mets tes plaques de rue en français.

Elle l'embrassa chaudement. Et à ce moment-là, Hagen s'est rendu compte qu'il était fatigué. C'était comme si toute la fatigue accumulée pendant une semaine de tension nerveuse s'était subitement effondrée sur lui. Ses yeux se fermaient.

Il combattit la torpeur, luttant pour garder les yeux ouverts. C'était un travail difficile pour lui de le faire.

Gerda le remarqua et passa plusieurs fois sa main dans ses cheveux, accentuant son rêve. Hagen se leva.

« Puis-je prendre une douche ? » Il a demandé.

Elle lui sourit. Ses yeux brillaient de larmes.

"Pourquoi ne dors-tu pas un peu plus tôt ? Tu vas t'endormir dans la baignoire.

Hagen comprit qu'il en serait ainsi et se laissa conduire au lit. Il faisait encore chaud de la chaleur de la jeune femme. Il enleva ses bottes et s'allongea. Un instant plus tard, il dormait.

Il se réveilla, surpris, et regarda sa montre. Huit. N'avait-il pas dormi plus d'une demi-heure ? Mais quand il vit la lumière allumée, il réalisa qu'il avait dormi douze heures d'affilée. Il s'est levé. J'étais frais et reposé. La jeune femme entra. Elle est venue habillée pour la rue et portait un paquet à la main.

"Je suis sorti un moment pour acheter des choses à manger" dit-il "-. Vous avez passé la journée à dormir.

"Oui.

Il a pris un bain, ce qui a duré près d'une heure. Puis elle lui a préparé le dîner.

"Restez jusqu'à demain" dit-il avec sa bouche très près de son oreille, à voix basse. Hagen eut un rire rauque et secoua la tête.

"Impossible. De jour ce serait bien pire. Savez-vous si Bastogne est tombée ?

"Non," répondit-elle d'un air maussade. « Vous n'avez pas réussi à le prendre. Les Américains disent qu'ils vont la libérer dans les prochaines heures.

Hagen se leva et boutonna sa cape. Il regarda de sa taille le Luxembourgeois.

Au revoir, Gerda, et merci pour tout. Si nous sommes tous les deux encore en vie, nous nous reverrons après la fin de la guerre.

"Tu es odieux," dit-elle à travers les lèvres serrées. " Tu es un être absolument odieux, et sans cœur, et sans sentiment...

Hagen l'embrassa et la dernière syllabe fut perdue. Elle enroula ses bras autour de son cou, résistant au lâcher prise. Le plus doucement possible, le commandant se dégagea.

« Au revoir, Gerda » répéta-t-il. S'il vous plaît, sortez et dites-moi si quelqu'un passe dans la rue. Je le fais pour toi, comprends.

Elle a obéi. Elle tourna son visage vers lui.

"Personne.

Elle l'embrassa une dernière fois et Hagen sortit dans la rue froide.

La jeep était là où il l'avait laissée, mais il ne lui restait que de l'essence pour plus de quelques dizaines de kilomètres et il ne pouvait pas penser à faire le plein. Eh bien, ils dureraient aussi longtemps qu'ils l'ont fait.

Il y monta, jeta un dernier coup d'œil à la maison de la jeune fille, s'enfonça dans les ténèbres, sourit légèrement et démarra le moteur.

Maintenant est venu la partie la plus dangereuse de toutes. Rapprochez-vous de l'avant.

Il supposa qu'il y aurait des postes de contrôle militaires américains à la sortie de la ville sur la route menant à Ettelbrück, alors il prit la route de Rippig en direction de la frontière allemande.

Il y avait aussi un contrôle dans celui-ci. À côté de lui, plusieurs dizaines de camions de l'armée attendaient des avis. Réalisant qu'il serait fou d'essayer de le doubler avec son véhicule, il l'a laissé dans une rue déserte à cause du couvre-feu, et s'est dirigé vers l'un des camions, le dernier.

Il fumait une cigarette, calmement. Un soldat du service de ravitaillement lui fit signe.

« Donnez-moi du feu, voulez-vous ? » - Il a demandé. En allumant sa cigarette, il regarda Hagen. " Combien de temps pensez-vous que nous avons ici ? Savez-vous quelque chose ?

"Pas plus que vous.

« Mon Dieu, je gèle. Je viens de prendre une tasse de café, mais on dirait que je l'ai jetée par terre, à en juger par le peu d'effet qu'elle a sur moi. Je donnerais n'importe quoi pour un verre.

La file a commencé et l'homme a couru chez lui, à côté du chauffeur. Hagen n'y a même pas pensé. Sautant, il est monté à l'arrière du camion et, se déplaçant avec précaution, a enjambé les caisses jusqu'à ce qu'il soit près du seau. Là, il s'accroupit.

Environ un quart d'heure s'est écoulé jusqu'à ce que le camion commence à rouler sur l'autoroute, à environ trente miles par heure. Chaque tour de roue le rapprochait de la Moselle ou de l'Our. Il avait une envie irrésistible de fumer, mais il ne pouvait pas.

Le cliquetis du camion le berçait légèrement, malgré les douze heures qu'il avait dormi. Il se réveilla brusquement, lorsque sa tête heurta un tiroir.

Un formidable rugissement parvint à ses oreilles. Des chars passaient sur la route.

Il se dirigea vers l'arrière du camion et regarda à travers les attaches de la bâche. En effet, des masses énormes se croisaient sous sa vue, et tout près, très près, résonnait le grondement de l'artillerie. Ce n'était qu'à quelques kilomètres du front.

Il se leva d'un bond et se retrouva au bord du wagon.

De nombreux soldats descendaient des camions, tandis que les officiers couraient d'un endroit à l'autre en donnant des ordres comme s'ils étaient devenus fous.

"Bientôt ! Débarrassez-vous de cet obstacle ! Rangez-les !

Hagen s'est mêlé à eux, rejoint par une ligne de soldats essayant de repousser un camion qui avait enfoncé les deux roues d'un côté dans un profond nid-de-poule dans le fossé. Pendant ce temps, les chars continuaient de passer vers le Nord. A ce moment-là, une grenade explosa tout près de l'endroit où se trouvait Dieter. Il esquiva machinalement, et à côté de lui il sentit le gémissement étouffé d'un homme qui venait d'être blessé. Alors le blessé hurla sans cesse. Hagen s'est détaché d'eux et est entré sur le terrain. Des groupes de soldats couraient d'un côté à l'autre et il sembla au commandant allemand qu'ils savaient à peine quoi faire.

Hagen a rejoint l'un des groupes se dirigeant vers le nord. Elle était composée, pour autant qu'il sache, d'ingénieurs. Parmi eux se trouvaient de nombreux Noirs.

Alors qu'il marchait derrière eux, plusieurs fusées éclairantes se sont allumées à l'horizon. Le groupe s'est arrêté, tandis que l'officier leur a crié de continuer. Au-dessus d'eux, ils entendirent le bruit des moteurs à réaction.

Une voiture à chenilles est entrée dans le champ derrière eux. Les explosions des bombes sonnaient de plus en plus près.

Hagen se demanda s'il ne s'agissait que d'un bombardement ou si cela signifiait que le front était très proche, ce qu'il voulait de toutes ses forces.

Les fusées éclairantes ont continué à éclairer la nuit avec une lumière blanche et froide. Dans son éclat, il pouvait voir les visages des soldats américains, aux traits tendus, les yeux écarquillés. C'était étrange de voir les yeux des noirs, au milieu de leurs visages sombres.

Une grenade est tombée tout près d'eux et ils se sont tous jetés au sol. Puis une voix se mit à crier que les chars approchaient.

S'il s'agissait d'une avancée allemande, Hagen, au milieu de l'obscurité et de la nervosité du combat, ne pouvait s'identifier à la sienne. Il commença à penser que cela avait été une mauvaise idée de ne pas attendre le matin pour essayer de sauter de l'autre côté.

Les soldats n'ont pas reculé. Leur officier, qui marchait presque toujours devant eux, criait d'une voix rauque qu'ils devaient avoir une ligne d'avance. Ils ont continué, après la brève hésitation de la bombe.

Ils durent s'approcher de nouveau de la route, car ils entendirent à nouveau passer les chars lourds. Tout n'était que bruit, confusion et ténèbres, sauf lorsque les fusées éclairantes descendaient lentement du ciel, remplissant tout d'ombres mouvantes.

Hagen a trébuché sur un corps tombé, probablement un cadavre, et a continué, toujours sur les talons des soldats. L'horizon tout entier s'éclaira de l'explosion des grenades, comme s'il avait pris feu. Il s'est battu, et non loin de là.

Finalement, après presque une heure de marche époustouflante, ils arrivèrent à un endroit avec des clôtures en pierre basses. Ils les ont sautés et se sont retrouvés dans ce qui ressemblait à une cour de ferme, où il y avait plus de soldats. L'officier qui commandait le groupe s'approcha d'un autre dont le revers était une feuille de chêne.

« À vos ordres, commandant, dit l'officier mécanicien. Nous apportons le fil de fer barbelé.

« Au diable le manque qu'il fait déjà, et maudit le manque qu'ils avaient donné un tel ordre » répondit l'autre en criant, le visage décomposé. Ce dont nous avions besoin, c'était de chars et de "bazookas", et je ne pense pas que vous les ayez amenés dans un chariot de deux pouces de haut.

— Non, monsieur, répondit l'officier.

« Il y a des chars derrière ces maisons. Non, vous ne pouvez pas les voir, jusqu'à ce que nous tirions plus de fusées éclairantes, mais le fait est qu'ils nous ont mitraillés il y a deux heures. Voyez ce qu'ils peuvent faire avec les matériaux qu'ils apportent et ce qu'ils y trouvent. Nous devons empêcher ces chars d'atteindre la route et de couper les convois ou de les ralentir. Tu ne me comprends pas, idiot ? Bouge tes jambes !

« Oui monsieur. Les garçons, au travail !

Une fusée a explosé dans le ciel au-dessus d'eux, et il est descendu sur son petit parachute, illuminant tout. Hagen regarda devant lui un instant.

Cette ferme n'était pas isolée, mais faisait partie d'un groupe d'entre elles. Derrière le dernier, il vit les canons familiers de deux ou trois "Tigres" se déplaçant lentement vers la gauche. Puis ils ont commencé à tirer et il est tombé au sol.

Les coups de feu des « Tigres » ont touché à deux reprises la ferme dont les murs étaient encore debout, les transperçant comme s'ils avaient été faits de boue. Un nuage âcre de poussière et de plâtre le fit tousser.

« Arrêtez ces chars ! » Cria l'officier feuille de chêne. Arrête-les !

Mais apparemment il n'y avait pas d'antichars là-bas, pas de "bazookas". L'officier fit signe et un soldat, armé d'une radio portative, se précipita vers lui. L'officier a commencé à appeler avec insistance, tout en jurant. Il a appelé le XV 34, et quand ils lui ont finalement répondu, il a dit qu'il y avait plusieurs chars allemands entre les deux, que s'ils avaient oublié qu'ils le disaient depuis deux heures, et que le colonel viendrait en personne toucher les canons des chars allemands s'il en doutait.

Hagen sourit. Il s'était rendu compte que les chars n'essayaient pas d'attaquer la ferme de front, mais attendaient quelque chose, peut-être des renforts, car ce qu'ils faisaient c'était faire les cent pas, tout en tirant, alors qu'en fait ça n'aurait beaucoup de travail. balayer les bâtiments.

Il a compris ce qu'il avait à faire, et il l'a fait sans perdre une minute.

Comme personne ne le remarqua ni ne s'attendait à ce qu'il fasse quoi que ce soit, il s'éloigna en se protégeant avec l'un des coins des murs.

Il la plia et se retrouva devant la ferme. Il resta immobile pendant un moment, alors que la fusée s'éteignait, et il entendit des balles de char passer au-dessus de lui, remuant l'air avec des cris sinistres. Les entendre lui fit comprendre que les chars ne tiraient pas sur la ferme maintenant, mais avaient augmenté l'angle de tir, pour tirer « derrière elle ».

Cela ne pouvait signifier qu'une chose : les forces d'infanterie approchaient

S'ils l'attrapaient là, dans un uniforme américain, il serait inutile de crier qu'il était un commandant allemand. Ils plantaient une baïonnette dans son corps et continuaient leur avance. Alors il fit la seule chose qu'il pouvait faire pour le moment : se laisser tomber au sol et rester complètement immobile.

Qu'il n'avait pas tort a été démontré par le fait qu'aucune fusée n'a été allumée à nouveau pendant un moment. L'officier avec la feuille de chêne sur le revers dut s'en rendre compte aussi, car il l'entendit crier derrière lui, réclamant des lumières et ordonnant à ses hommes de faire attention, qu'il s'agissait d'un piège sanglant.

Il y avait une attente tendue. Presque cinq minutes.

Et tout à coup, regardant sous la visière du casque, sans lever la tête du sol, il vit apparaître devant lui un fagot, bondissant par-dessus les murs de la ferme. Un autre, deux autres, cinq, dix, le suivait.

Ils étaient penchés en avant, fusils à la main, mais Hagen distinguait déjà leurs casques carrés. Allemands, c'étaient des Allemands.

Il n'a pas bougé. Le premier tireur le dépassa, marchant comme un loup, et s'approcha du coin du mur. Deux autres, portant entre eux ce qui doit être un mortier. Ils l'ont mis en place en un instant, alors que la place se remplissait de soldats, et ils ont lancé le premier projectile.

Hagen resta immobile. Il écoutait le bruit que faisaient les Américains derrière lui. Il avait un soldat allemand à côté de lui, si près qu'il pouvait sentir l'odeur âcre de ses vêtements, mouillés et en sueur. C'était un carabinier qui se tenait presque aussi immobile que lui.

Puis les soldats s'avancèrent, ne prenant plus soin de cacher leur présence. Mais d'autres suivaient derrière eux, et en même temps, les chars commençaient à bouger.

Il entendit les voix autoritaires d'un officier allemand qui criait aux soldats de faire le tour du bâtiment, et le crépitement des fusiliers et des pistolets mitrailleurs.

Il risqua de lever légèrement la tête. Des fantassins allemands passaient, écrasant tout avec leurs bottes. Les chars avaient dirigé leur marche vers la gauche, et l'un d'eux lançait projectile sur projectile sur les Américains.

C'est à ce moment qu'il risqua de s'asseoir, s'attendant à tout moment à sentir l'acier entre ses côtes. Mais il avait vu briller des épaulettes blanches d'officier, avec des clous d'or.

"Capitaine!" Il a appelé.

L'officier ne l'a pas entendu et Hagen a répété l'appel. L'autre se tourna vers lui et pointa l'arme sur lui instantanément.

" Ne tirez pas ! Major Hagen des chars en mission spéciale !

L'officier a tiré et la balle s'est enfouie à côté de la tête de Hagen, grâce au fait que Hagen s'était déplacé rapidement.

« Ne tirez pas ! Je suis allemand ! Major Hagen des chars !

L'officier] n'arrêtait pas de le pointer du doigt. Puis il aboya un ordre rapide, et deux soldats se tinrent à côté de Hagen, les baïonnettes à deux centimètres de son nez.

« Reprenez-le.

Hagen se leva lentement. Une nouvelle vague de soldats est apparue par-dessus la clôture. Les coups semblaient plus lointains. Ils doivent avoir fini les défenseurs de la ferme maintenant.

Des baïonnettes le piquant, Hagen se dirigea vers la clôture. Le capitaine T] s'était approché. Ses yeux cherchaient froidement Dieter.

« Qu'est-ce que tu dis, chien ? Il a demandé.

Hagen a mis ses mains sur son casque et a été immédiatement perforé aux reins.

"Je veux juste l'enlever", a-t-il déclaré. Je suis le major Hagen, en mission spéciale derrière les lignes ennemies. S'il y a un officier supérieur parmi vous...

« Je suis assez pour ce qu'il faut faire de toi. Allez, les gars, reprenez-le. Et s'il essaie de s'échapper et que vous le tuez, ce ne sera pas moi qui me plaindrai. De retour avec lui !

Un officier avec des épaulettes tressées et un clou d'or est arrivé. Il avait perdu son casque ou l'avait enlevé et ses cheveux blonds pendaient en l'air.

" Que faites-vous ici, Borst ? - " demanda-t-il au capitaine. Pourquoi ne restes-tu pas avec tes hommes ?

"Cet américain dit qu'il est allemand.

"Je suis le major Hagen, lieutenant-colonel" répéta Dieter pour la troisième fois. Deuxième brigade, troisième régiment, deuxième division du général de division Schlechter, cinquième armée "Panzer" ... "Generalleulnanl" Von Manteuffel.

Le lieutenant-colonel l'écoutait les yeux fixés sur lui. Était très jeune.

" Amenez-le.

Ils le menèrent à l'arrière. L'un des chars était à l'arrêt et la tête de son patron sortait de l'écoutille. Une fusée fantomatique illumina ses traits.

« Lieutenant ! Écoutez cet homme... !

Il n'a pas pu finir. L'homme qui regardait par l'écoutille fixa Hagen.

"Capitaine!" Il s'est excalmé.

"Major" répondit Hagen en souriant.

"Est-ce-que tu le connais?" Demanda le lieutenant-colonel d'infanterie.

— Oui, lieutenant-colonel. C'est le type... c'est le major Hagen, de la deuxième division.

Le lieutenant-colonel sourit.

Quels éclairs et tonnerres faisiez-vous là-bas, en uniforme américain ?

« Service spécial, monsieur. Je dois voir mes supérieurs immédiatement.

"C'est bon. Je vais leur faire reprendre. Mais les lignes sont très confuses. Le devant me semble très fluide.

Il lui tendit la main et la serra. Puis il courut après ses hommes.

Hagen continua de marcher. Pour son plaisir, il serait monté jusqu'au "Tigre" d'où le lieutenant du tanker l'avait salué, mais il devait d'abord aller se présenter. Putain de rapports, cinquante fois putain, surtout quand ils annoncent de mauvaises nouvelles.

« Avez-vous un singe ? » Il a demandé au lieutenant. Je ne peux pas parcourir nos rangs avec ces vêtements.

Sous le regard des deux soldats qui l'avaient gardé, et celui du lieutenant, il ôta sa cape, sa tunique et son pantalon kaki et, grelottant dans la nuit froide, enfila sa salopette. L'un des soldats lui a tendu une cape.

"Allez," dit Hagen.

Il regarda une dernière fois derrière lui, vers l'avant. Un léger tic secoua sa joue droite. Après tout ce qu'il avait vu sur les arrières alliés, il savait que cette offensive allemande serait probablement le dernier coup de la Reichwehr. Le dernier.

Ce n'était pas possible. Il y avait trop d'hommes, trop de chars, trop d'artillerie, trop de tout. Il lui suffisait de regarder ces soldats qui l'entouraient, maigres, comme des faucons, émaciés, que seul le patriotisme, veut, soutenait, et comparés à ces autres GI's robustes, bien nourris...

Oui, ce serait l'une des dernières offensives allemandes, si ce n'était la dernière.

Puis, d'un pas ferme, il se dirigea vers la voiture qui l'attendait.

FINIR